冬日的乡村

韦金山◎著

时代出版传媒股份有限公司
安徽文艺出版社

图书在版编目（ＣＩＰ）数据

冬日的乡村/韦金山著. —合肥：安徽文艺出版社,2018.6（2023.4 重印）

ISBN 978-7-5396-6372-2

Ⅰ. ①冬… Ⅱ. ①韦… Ⅲ. ①散文集－中国－当代

Ⅳ. ①I267

中国版本图书馆 CIP 数据核字(2018)第 117358 号

出 版 人：姚 巍

责任编辑：姜婧婧　　　　　　　　　　　装帧设计：张诚鑫

··

出版发行：安徽文艺出版社　　　www.awpub.com

地　　址：合肥市翡翠路 1118 号　　邮政编码：230071

营 销 部：(0551)63533889

印　　制：山东百润本色印刷有限公司　　(0635)3962683

··

开本：880×1230　1/32　印张：7　字数：200 千字

版次：2018 年 6 月第 1 版

印次：2023 年 4 月第 2 次印刷

定价：49.80 元

··

冬日的乡村

许多年过去了,冬日的乡村留给我的印象,除了风还是风。寒风从一马平川的平原上刮过,苦楝树和臭椿树发出尖锐的叫声,村子就像一艘在风浪中飘摇的小船。那时的我就有一种预感,不好的事一定会在冬天发生。

果然,爹爹在冬天死了。爹爹就是爷爷,在老家,都把爷叫成爹,爹叫成爷。那天下午,二堂姐顶着寒风到学校,当她问遍所有的教室找到我时,我正趴在泥巴垒成的课桌上,心惊胆战地听着外面的风声。二堂姐站在教室门口,带着哭腔喊道:金山,俺爹走了。老师和同学的眼睛一起看着我。我抬起头,茫然地望着她,一时还不能把藏在风声里的自己拉出来。

那时我已经知道,走了就是死了的意思。

我背着书包,提着小板凳,木然地跟着二堂姐向村子走去。

二堂姐走在前面,她的哭声在风里显得不连贯,哭声一出口,就被送出老远,让我感觉包围着我们的风都是来抢她哭声的。二堂姐比我大不了多少,她的哭声让我有种羞耻感,爹爹的去世让她如此悲伤,而我却毫不伤心。更让我焦急的是,我就要站在死去的爹爹面前,如果眼里再流不出一滴眼泪,那是多么丢人的事啊。

终于到家了,爹爹脸上盖着一张草纸,仰面躺在桉床上。我站着床前,不知如何面对这种情景。这时,一位邻家的奶奶,看着我,脸上带着怜惜的神情,嘴里说,多可怜的孩子,这么小就没有了爹。一听这话,我原本空荡的心里一下充满了委屈,眼泪瞬间夺眶而出,号啕大哭起来。

一路的担忧不再存在,奔涌的眼泪让我有一种痛快感,我咧着嘴,毫无节制地大哭着。待哭得差不多了,大爷说,好了好了,到别的屋去吧。

奶奶正被一群女人围着,我听到她对她们说,我不能哭,我的眼睛都快瞎了,我不能哭啊。一边说一边用手去擦并没有眼泪的眼角。

一看到奶奶,不知怎么的,我的心里冒出的竟是这样一个念头:爹爹终于睡到那副棺材了。

奶奶比爹爹年纪大,身体也比爹爹差,整天挂着一根拐棍,好像随时就会倒下去,为此,家里早早准备了一口棺材,就摆在堂屋里,白木的,还没上漆,平时用它盛山芋干。奶奶整天唠叨的就是要爹爹快买些桐油刷一刷,爹爹总是说,忙什么,指不定谁睡呢。奶奶最听不得这句话,一听这话,就咬牙切齿地说,老鬼,我看你敢碰一碰。现在好了,竟真的让爹爹睡上了。

七十多岁的爹爹身体一直很好,不好也没办法,地里的活全指望他干呢。有时,他背着满粪箕的草从村东过来,一路都是夸他身体好的话。本来,他可以走近道回村西头,可见,他是喜欢听到那些赞扬话的。

爹爹去世得很突然,这天是个阴天,就没有下地,中午在大爷家吃的饭,听说还吃了两块肉,喝了一杯酒,过后就胸口痛,医生还没来就去世了,一点痛苦也没受,对辛劳一生的爹爹来说,这真是修来的福气。奶奶呢,虽说活了九十多岁,罪却没少受,老了把屎都拉在床上。我回老家,她对我说,金山,我是故意把屎拉在床上的,我就是要出他们的洋相,让他们难看。平日一个人也不到我床前,我连喝口水都喊不到人。大爷大娘说,你不知道她有多难伺候,一会这儿痛,一会那儿痛,一会想吃这个,一会想吃那个,端到床前又不吃了。

流过眼泪的我,似乎完成了属于我的任务。在屋里无聊地待了一会,走出屋来,看到几个小孩在玩画片。我马上回屋从书包里拿出画片和他们玩起来。玩画片我很有一手,赢来的画片我都藏在一个废弃的烟囱里，没有一个人知道，那是我的秘密，也是我的财富。玩得正高兴时，大爷过来和我说，金山，回西头喂牛去。这时，我才发现，天已经黑下来了。

平时，爹爹、奶奶和我住村西头，大爷一家住村东头。刮了一天的风变小了，已听不到树枝发出的尖叫声。我打开锁，推开两扇木头门，咯吱——，屋内光线模糊，只有迎门处一片光亮，照出长条桌的轮廓，还有横放在堂屋里的棺材一头，光线顺着棺材，越变越暗，直至隐没。而我要拿的麦麸就在黑暗的最深处。面对寂静阴气的黑暗，我的心里猛然就布满了恐惧，根本没有勇气进到黑咕隆咚的屋里。

我喊来了邻居大正和他的姐姐，陪我一起进屋拿麦麸子。我打上井水，把切碎的麦秸拌上麦麸胡乱搅拌几下，待大花牛吃过，再把它牵进厢房。整个过程，他俩都默默陪着我，一句话也没说，看上去，我们三个根本不是经常一起玩耍的伙伴，就像三个饱经沧桑的老人。他们知道我心里的恐惧，只是还没学会宽慰，就以与小孩不相称的沉默表示理解。以后几天，我回村西头喂牛，都要他俩陪着，没有他们我就不敢进屋。

接下来三天，是爹爹的丧事，请来了乐班，点起了大汽灯。乐班卖命地从早吹到晚，特别是晚上，大汽灯照得四周亮堂堂的，全村的人都围在周围。这时的我，往往爬到树上去。我特别爱听《百鸟朝凤》，既有小鸟叫又有公鸡打鸣，好听得很。

最后一晚，棺材要合盖了。我的几个堂哥堂姐像疯了似的哭着要扑到棺材上去，嘴里喊着"俺爹俺爹"，特别是三堂哥，要两个人才拉得住他，一人拽着一只胳膊。我像一只小狗在外面打转，根本挤不到中间去，听着他们撕心裂肺的哭声，我又一次为自己流不出眼泪感到羞愧。我一面为自己流不出眼泪着急，一面还担心堂哥堂姐们的眼泪滴到爹爹身上去。村里的人都相信，亲人的眼泪要是滴到死人身上，死人就会变成僵尸，他就活过来了。活过来的僵尸和常人不同，一是走路腿不会打弯，二是没影子。在纷乱的哭喊声中，棺材终于合盖了，爸爸和大爷喊着"俺爷让钉俺爷让钉"，我的嘴里也喊着"俺爹让钉俺爹让钉"。哭声中传出砰砰声，那是钉棺材的声音。

一切结束后，三堂哥又乐呵呵地去玩牌九了。他是个赌鬼，一天不摸牌九手就痒。那晚，我和爸爸，还有弟弟就睡在棺材旁边，在一堆麦秸上面裹条被子。半夜，我被尿憋醒，跑到灵棚外撒尿，大汽灯照得四周一片光亮，亮得狗都不叫了，地上铺着厚厚白霜，四周一片安静。棺材被漆成了黑色，已经不是我熟悉的样子了。

爹爹下葬后，奶奶就留在了村东大爷家住，大堂哥和大嫂，还有他们才出生几个月的儿子搬到村西住。开始几天，我放了学就到村东大爷家，只有晚上才回村西睡觉，为了不让我害怕，三堂哥都陪着我睡。睡的床还是和爹爹一起睡的床，盖的被子还是那床被子。每天晚上，三堂哥和我从村东头走到村西头，路上，就和我说爹爹对我们多么好。我嘴里胡乱应着，其实心里想问他，爹爹下葬前的最后一晚，他的眼泪有没有滴到爹爹身上。可是这个问题我不敢也不好意思问出口，因为村里人都知道那个说法，如果我问了，三堂哥一定会嘲笑我的胆小。我一遍遍回想那晚场景，三堂哥虽被两个人死死拉着，分明有几次已经冲到棺材边上了，谁能说他的眼泪没有甩到爹爹身上呢，也许他本人也不知道吧。除了他，还有大堂哥、大堂姐，他们都和三堂哥一样，拼命冲到棺材边，想着见爹爹最后一面的……

每次听爹爹讲故事，我的脑子里都会幻想出一个个画面，这些画面的背景都是我熟悉的村前村后。听这个故事时，我脑子里出现的就是村外的草堆，三把雪亮的大叉子，一个面目狰狞、嘴里发出野兽粗声的僵尸……恐惧让我的心紧缩成一团，我声音打着战问爹爹，僵尸都是假的吧？假的？前两年，我们村子里就出现过诈尸，谁谁的爹就诈过，大家亲眼看到他从床上起来，腿不打弯地跑掉了。几年后，还有人在长营看到过他。爹爹似乎带着呵斥的语气说着。爹爹讲的那个人我不知道，是个外来户，听爹爹说，那户人家后来都死绝了。

那天晚上，三堂哥陪着我走回村西头，他对我说，金山，你说俺爹对俺们可好？我说，好。他说是啊，俺爹对俺们那么好，我们还会怕他吗？现在就是让我到他坟上睡一晚上我都敢，金山，你敢吗？我说，我敢。那我明晚不来了，你一个人睡不怕吧。我不怕！

我记得如此清楚，是因为那是三堂哥陪我的最后一晚。那晚以后，他再也不来陪我睡觉了。他因为陪我，几晚没有赌上钱，手都已经痒得受不了了。

三堂哥陪我时，我是没怕，他不来后，我一点也不是嘴上讲的那样，我的心里怕极了。我开始夜夜做噩梦。

每次都梦到爹爹。梦里见到爹爹我也害怕，因为我知道他已经死了。有一个梦我记得非常清楚，我正在村口的大路上玩，看到爹爹向村里走来，我问，俺爹，你不是死了吗？他听了这话，马上蹲在路边一个坟头上说，谁说我死了，你到坟里看看去。于是，我向他的坟跑去，他的坟就在小学前面，我是认得的。我到他的坟上一看，坟敞开着，里面什么也没有。于是我就醒了。醒了的我用腿向被筒里捣捣，被筒里空空的，没有碰到爹爹的腿，我连忙把腿收回来，身子缩成一团。我抱得很紧，可还是感到全身发冷，只有胸口藏着一点热气。

堂屋一共分三间，大堂哥一家三口住东间，我一个人住西间，大堂哥一家的存在没有减轻我一丝的恐惧，只要我一沾着枕头，那些梦就从不知名的地方扑上身来，把我挟裹而去。爹爹没死以前，我很少做梦，就是做了梦也不记得，现在，不仅每晚都有梦,梦里的情景我都记得十分清楚。

我听说做噩梦是因为手放在胸口的原因,以前,我睡觉从来没在意手怎么放,现在晚上如何放手成了我的大问题。开始我把手贴身放在两侧,仰面躺着睡,不行,还是做噩梦,我怀疑是晚上睡得太熟,不知不觉又把手放在胸口上了,为了能控制住自己的双手,我想到了一个方法,就是把只手交叉着放在胳肢窝,并紧紧地夹着,以免滑出来再压着胸口,但还是噩梦不断。那时的我甚至还产生过这样的念头,睡觉前用麻绳把双手绑上。

有一天夜里,大堂哥有事外出,那晚,我又做了噩梦。吓醒后再也睡不着了,睁着眼睛看着黑洞洞的夜。看着看着,突然我感觉爹爹正向我走来。他几乎和黑暗融在了一起,他绕过粮囤,悄无声息地来到床前,并向我伸出了手,就在他的手要摸到我的脸上时,我嘴里不自禁地啊了一声,腾地从被窝里坐了起来,摸着火柴点亮了挂在床头墙上的煤油灯。我的身上全是汗,嘴里喘着粗气,穿上棉袄,靠在床头,再也不敢睡觉了。也不知靠了多久,直到听到第一声鸡叫,我的心才安静下来,迷迷瞪瞪地又睡了过去。

那晚,我点了那么长时间的灯,这在农村是浪费的,而大堂嫂连问都没问一声,可见她也是害怕的。

这个冬天的夜晚对我来说太过漫长,不禁让我想起往年的冬夜。往年冬天的夜晚,爹爹、奶奶和我围坐在油灯下,爹爹横跨在条凳上,一边飞快地用芦苇穗子编草鞋,一边给我们讲故事。苇穗编的鞋子叫"窝子",可以卖钱。爹爹说故事远近闻名。农村管说故事叫"讲经",冬天农闲时,特别是下雨天,全村的人就会围到我家来,听爹爹说上一段经。为了让奶奶和我陪着他,爹爹就给我和奶奶讲经。讲的大多是古人的事,有《呼延庆打擂》《罗通扫北》,当然也有鬼故事,除此之外,还有一些我听不太明白的故事,每当爹爹讲那些故事时,奶奶就会在旁边骂一声"死鬼,在孩子面前还这么不正经"。歪挂的油灯,把三人的身影照在土墙上,显得巨大又诡秘。有时,苇穗用完了,爹爹让我把用水冻着的苇穗拿出去捶捶。我走到门外,冷冽的夜气让我脸皮发紧,我嘴里哈着热气,捶打苇穗发出的扑扑声在冬天的夜里听来格外响亮。偶尔几声狗叫响起,就像石头扔进水塘,清脆又空洞。满天星星,冷得发亮,像我捶下的冰碴子。我站在铺满白霜的院子里,抬头望着满天的星星,想找出三星的位置,大黑狗摇着尾巴在我腿上蹭了两下,又缩着身子跑回窝里去了,门缝里漏出一道昏黄的灯光,灯光后面是热气和诱人的故事。

睡眠对孩子来说,应该是香甜而渴望的。因为害怕做噩梦,我却不敢过早爬到床上,总有意推迟睡觉的时间,希望自己在困意的压迫下,身子一沾床,在恐惧还没有占据全身时,跌入沉沉的梦乡。谁知,越想早点入睡,却越是睡不着,小小年纪的我,竟然失眠了。

每天晚上,我双手放在胳肢窝下,仰面躺在床上,双脚并拢,一动不敢动,等着睡眠把我覆盖。等来等去,它就是不来,于是,我开始数数,从一数到一百,没用,再从一百倒数回来,还是没用。正好那时看了一本叫《岳云》的小画书,就想里面的故事来催眠:岳云带着小孩到庙里去玩,看到了一对泥做的大锤……岳云有了一对真正的铁锤……金兵来侵犯岳家庄,被岳云打得丢盔卸甲……遇到金蝉子……

有时想着想着,我就睡着了。有时想一遍不行,就从头再想一遍。有一天临睡前,大堂嫂让我洗了把脸,这一洗不要紧,把我的睡意全洗跑了。那晚,我很久才睡着,以后再也不敢睡觉前洗脸了。

恐惧在与日俱增,这份恐惧是秘密的,不为外人道的,它像冰冷的砖头每天增加一块,慢慢就要把我的心胸填满。我感觉,迟早一天,冷气会弥漫到全身,让我变成冬天里的一阵寒风,消失在田野里。白天,我看上去和一般小孩无二,但只要太阳一过午,我心里的暮色就会慢慢升起,一边看着太阳的位置,一边计算着属于自己的时光。为此,我痛恨傍晚5点播放的评书,害怕听到那句"欲知后事,下回分解",痛恨挡住最后一丝阳光的那个叫谢家的村子。

这份沉重的恐惧,我以为只是我一个人的秘密,殊不知,冥冥之中正被另一个人感受着,她就是我的母亲。当我在老家受着噩梦的压迫,远在马鞍山的她,心里也有着不安的悸动。父亲原本指望我在老家读完小学的,执拗的母亲说什么也要把我接来。离春节还有两天,他们回到了老家。

　　回来的当晚,他们睡我那张大床,我睡到隔壁邻居家的牛屋里,和他家小孩挤一起。一头老牛和一匹马占据屋子的一半,我们几个小孩睡在另一边的麦秸堆里。屋里气味混浊难闻,牛粪和马尿味刺鼻,睡下,鼻子里又有麦秸的清香。这一切,让我心安,让我踏实,我甚至是带着舍不得的心情进入香甜梦乡的。

　　正月十五一过,爸爸妈妈就要带我走了。村里的人都说,金山,你要进城了,过上城里人生活了,不要把俺们忘了啊。我说,俺不会忘的。是的,我就要过上城里人的新生活了,只是新生活对我意味着什么,没有一个人知道。走的那天,天气晴朗,田野里已经能闻到春天的气息了。我看到一群羊在大路上有秩序地走着,我说,咦,你们看,羊会自己走路。话音刚落,我看到一个侏儒跟在羊群后,手里拿着鞭子。他实在太矮,让走在羊群前的人一点看不到。

　　这是乡村留给我的最后画面,以后,每当我要回想乡村生活时,总是从这样一个画面开始:一个侏儒,手里拿着鞭子,跟在一群羊的后面,羊群遮盖了侏儒,母亲和我走在两旁栽着高大杨树的土路上,顺着土路,一直到达那个在冬日寒风中摇摆的村子……

无 处 可 逃

因为工作原因，我经常接待遭遇生活苦难的人，他们到办公室来，向我哭诉，希望得到救助。每次我都手足无措，面对这些苦难，我能有什么办法呢。

他是一位退休的公司老职工，我不知道他是出于早年对工会的信赖，还是抱着试试看的态度来找我们的。从他棱角分明的脸上，可以看出，他并不太相信人世的善意，所以他也没有像其他求助者那样，过度哭诉苦难想博取别人的同情。他讲到苦难的事，甚至带着一种气愤和不公。

他的孙女得了慢性肾炎，一岁多就要喝药，要把嘴巴撬开强喂，几年了，每天都要吃满满一把的药，有一百多粒，孙女每天说的一句话就是，爷爷，今天不要吃药了吧？不吃又怎么行呢，不吃就要尿血啊。

他说，真想哪一天带孙女到上海街头，把她丢了算了。他的声音很轻，我听出他确有过这个念头。前几年，上海、杭州等几个大城市，曾发过一个通告，由于城市中乱丢婴儿，特地划了几个地方集中丢婴，便于收留拾取。这下，仿佛打开了潘多拉盒子，集中丢婴的几个地方"人满为患"。大多是夜晚来丢的，有的开着车来，可见离着不近，极可能是外省外市的，在夜幕的掩盖下，他们把车停在一处灯光稍暗的地方，匆匆从车上下来，把襁褓中的婴儿往路边一放，像小偷一样急忙离开了，没有一辆车再回来。天亮了，离丢弃点几里外就会出现丢弃的婴儿，根本来不及收留拾取，最后不得不取消。

我们不能过多谴责那些父母，他们心里肯定也盛满了悲苦。暂时的苦难，大多数人可以承受，但长久没有尽头的苦难，需要投入一生来承担的苦难，像一块黑色的海绵，把生活中所有明亮的东西都吸光了。丢弃先天残疾的婴儿，彻底解脱的念头，那些父母心里或多或少都出现过，迫于道德和责任，他们没有付诸行动，突然有了这样一个通告，把婴儿丢到指定的地方，虽然也要背负道德的谴责，起码婴儿的生命有了保证，自责或许会稍稍轻些。摆脱苦难和承担责任就像天平的两端，现在此端加了一个砝码，哪怕只是小小的一个微不足道的砝码，天平就失衡了。

爷爷说要把她丢到上海的街头，而没说丢到乡下，丢到小城市,可见,他是想孙女能被家境好的人收留,想让孩子以后的命运不至于太差,但他忘了,作为亲人的他们都不愿承担这个责任,那没有血缘关系的旁人,又怎么会帮你担起这副重担呢。

有一次慰问一位病人,瘫痪在床,侍候他的是八十多岁的老母亲。老人家送我们出门时,拉着我们的手,泪水禁不住流下来。她说,最担心的是她走了后,儿子怎么办。现在也顾不了那么多了,只能过一天算一天。她不停地说着,泪水也不停地流。可以看出来,老人家憋得太久了,心里的苦就像沉重的石块,把她的心拽向黑暗,她平日还不能在儿子面前流泪。问到他的妻子,她说,离开这个家已经几年了。

这是经常遇到的事,丈夫得了绝症,年轻的妻子往往选择了离婚,上了年纪的,干脆离家出走,就是俗话说的跑了。现在要求精准帮扶,其中家庭成员也要填写详细的信息,但跑了的妻子带走了身份证,没有身份证号码,网络表格就不能生效,救助就无法完成。那些妻子,年龄都老大不小了,也毫无特长,可以想象,她们出走后,在外面的生存一定艰难,出走,无非就是想摆脱苦难,她们宁愿选择在外吃苦,也不愿天天面对苦难。

责怪她们是无意义的,苦难是块带棱角的石头,谁碰着都伤痕累累,每个人都会本能地想到逃脱。但并不是所有的人都能逃脱,特别是亲人,因为血缘关系,可说是无处可逃。

有次看电视,一个六岁的农村小孩,为了照顾瘫痪的父亲,已经会做饭、洗衣服，还会帮父亲翻身和洗澡。他的脸上已经没有了儿童的天真和欢乐，面对镜头，一脸麻木。

他就是一个无处可逃的人。

电影《恋恋笔记本》中，妻子得了老年痴呆症，丈夫总是一遍又一遍地给妻子讲他们过去的爱情故事，最后妻子记起来了。另一部电影，也是妻子得了老年痴呆症，丈夫长年累月地照顾，电影用了许多镜头来呈现琐碎的生活细节：刚为妻子换好尿布，一掀被子，又尿湿了；喂妻子喝水，她把水吐在他的脸上，他忍不住抽了她的耳光……他心力交瘁。女儿来探望时，他刚想抱怨一下，又遭到女儿训斥，说他对母亲照顾不周，最后，他用枕头把妻子捂死了。前一部片子很感人，导演眼中有的是爱情和温情，这是属于美好的东西，是和苦难格格不入的东西，为了让爱情闪亮起来，导演做的只有遮蔽苦难带来的琐碎磨损。后一部片子把苦难真实地推到观众面前，从而感受丈夫每天身受的磨难，除了吃喝拉撒，还有病人的责怪和刁难，当他拿起枕头的瞬间，观众心里是不是也长舒了一口气呢？

生活中的普通人，每天奔波在自己的生存里，有时掀开苦难的一个角，里面冒出的冷气，不禁让人打个寒战。面对苦难，我们有时不得不假装冷漠，因为无能为力，甚至不能同情，不然，生活可能崩溃。"苦难"不再是个简单的名词，它是一个黑色的旋涡，吞噬一切靠近它的人，旁观的人也头晕目眩，感到彻身的寒气和透心的冰冷。廉价的同情和泛泛的宽慰,显示的只是你的浅薄,甚至不怀好意的消费,因为真正的伤痛只有他们独自面对,他人的帮助毕竟是微渺的。

记得一个下雪的冬天,到一位得绝症的人家里看望。他瘫痪在床,睡在自家搭盖的披厦间,屋里冰冷,脖子上生了个大疮,日夜流脓,家里没钱让他住院。冷,他已不在乎,痛,他也不在乎,他痛恨自己不能快点死,让家里人甩掉他这个包袱,他能做的就是,尽可能地节省一张擦脓的卫生纸。

另外一家,几乎都不能称为家,锅碗瓢盆随意堆放在满是油污的桌台上,一切都是凑合的,一切都是临时的,醒目的就是那张地铺,上面躺着脑瘫的儿子。儿子长得又高又胖,为了避免从床上摔下来,只能让他睡地铺。父母两人轮流侍候,围着儿子打转,他们身心疲惫,形神憔悴,生活道尽了逼迫、无奈、酸楚,儿子以后的命运,更揪着他们的心。

苦难除了煎熬,别无出路。正是基于这样的认识,让许多爱着自己亲人的父母选择了不归路,用自我了断解除缠绕在子女脖子上的绳索。

作家野夫的母亲,当得知自己得了绝症后,毅然走向了江面,她用这种决绝的方式告别人世,免得成为子女的累赘,她认为短痛胜于拖累。另一位得了绝症的农村老人,自杀未遂,子女为了抢救他花了几万元,他的心里更加愧疚,同时为了子女的名声,他逢人便说,那是一次事故,并不是他刻意为之。最后,他在自己身上系上一块石头,走向河水。同时,为了子女不用再另外花钱捞尸,还用一根绳子把自己和岸上的一棵树系在一起。

生老病死是人生必经的历程,多数人在年老时选择把残躯交给病痛摧残,苟延残喘到生命最后一刻。这本无可指责,但对于用决绝方式早求解脱的人,我还是心存敬意。

日本作家大江健三郎曾在《个人的体验》小说中,详细描述了一个人与苦难猝然相遇时的表现。主人公鸟刚出生的儿子得了脑疝,脑盖骨缺损,脑组织流淌出来,就是手术成功,也是植物人。鸟最初得知这一消息时,第一念头就是逃避。他跑到情人家里,靠酒精和性来麻痹自己,希望永远沉醉不醒,并暗中希望医生拖延手术,让婴儿自然死去。酒有醒的时候,性爱过后是更大的疲惫空虚,苦难还是坚硬地横亘在现实中,让你避无可避。经过漫长的心灵炼狱,最后,鸟终于幡然醒悟,回到了家,回到了残疾儿子的身旁,勇敢肩起自己的责任,决心和残疾婴儿共同坚韧地生存下去。

这部小说细微刻画一个人面对苦难突至时的心理和行径,这是鸟的个人体验,何尝不是同类情境中所有人的体验呢?

现实中的大江健三郎也有一个得了脑疝的儿子,与痴呆弱智儿共生存的切身体验让作者写鸟的精神危机和心灵苦斗时,带有深切的烙印。现实中的作者也许有过和鸟一样的念头,但并没有那样的行动,大江健三郎每天一边尽职地照顾着儿子,一边写作,每天都要写作到深夜,因为要最后一次替儿子翻身更换尿片后才能上床休息。多年来,他已经习惯了这种生活。

把不幸当作日常生活的一部分,坦然地接受,没有被苦难吞噬,这已相当了不起,但法国作家让－路易·傅尼叶竟然还能从中品出些许欢乐来。

傅尼叶也生了两个智障儿子,并把这段经历写成了书,书名叫《爸爸,我们去哪儿》。不同的是,傅尼叶用的却是轻松幽默的笔调,仿佛生了两个智障儿子对他来说,不仅算不上不幸,还是一件快乐的事,让他解脱了许多生活烦恼,比如不用买书,不用为他们学业操心,不用为他们求职焦虑……如果你被他这种假象迷惑住,你就没能理解作者幽默文字下掩盖的悲凉。傅尼叶是小说家,对人心当然有更深入的洞测,他知道,读者需要快乐胜于愁苦,你把不幸渲染得再大,除了引起读者的不适外,也不会得到更多,与其自怨自艾,不如强作欢颜,打掉牙往肚里咽,把血当口红来抹。不,这里没有悲剧,只有喜剧。

他这样做,已经杜绝了世人的理解。世人的理解与他又有什么关系呢,直面灾难和不幸只能是他,他扛住了。正如《个人的体验》中,鸟的岳父教授所说:"你把这次不幸从正面接受下来,胜利了。"

工 厂 生 活

第一次到工厂上班的情景,我永远记得。那是八月中旬的一个夜晚,我所在的丙班上大夜班,接班时间在十一点半。我和几个招工分配来的年轻人一起,被工段长领回班组。

上学时学的就是烧结专业,分配到烧结厂,是理所当然的事。除了你有关系,能分到别的好单位,可以不用上三班。之前,已经在另一家烧结厂跟班实习了一年,对环境也不算陌生。我没有被分到烧结车间,分到了原料车间。向人打听,原料车间和烧结车间哪个更好,他们说原料车间被称为养老车间,自然要好些。

后来证明,他们说的是对的,烧结车间干活是连续性的,基本没有休息的时候,原料车间干活是间歇性的,多数时间不干活,给自己支配的时间多。这一点让我暗暗欢喜。那时,我心里对岗位的好坏有自己衡量的标准，就是给不给看书。当我向他们打听原料车间能不能看书时，他们都用一种异样的眼光看我，显然，他们没遇到过这样的问题，别人问的都是能不能玩牌喝酒赌博睡觉。

我们几个年轻人在工段长的带领下，从车间向班组走去。班组休息室是座小二楼，在一条排污河边。那晚有没有月亮，我已经记不清了，就是有，也不会留在记忆中。八月的夜晚还是一团热气，特别是这团热气带着工业特有的铁锈和粉尘味，吸一口，热气从鼻孔深入肺的深处，有着金属般的厚重。路边立着几棵冬青树，全身被工业灰尘覆盖，灯光里犹显得阴郁萎靡。

一座长条形的料堆黝黑地卧趴在灯光下，一架机器伸着长臂立在旁边。当时我并不知道那叫堆料机，就是我要操作的设备，上面有个小小的驾驶室，就是我的岗位所在。

烧结厂算老厂，年轻人都不愿来，因为灰尘大，太脏。从外面看，整个厂都包裹在一团雾蒙蒙的灰尘里，进厂，就是一头扎进这团灰里。这团灰吞噬了厂房，吞噬了树木，也吞噬了里面的人。这里的职工，全都灰头灰脑的，脸色发暗，头发枯涩。

班组休息室在二楼，里面灯光昏暗，反正在这个厂就没有一处明亮的地方。工段长指着一位正在下棋的中年人说，这就是你的师傅了。

我的师傅姓计,精瘦。烧结厂很少胖子,如果哪个人突然长胖了,那就预示他要得病了。计师傅是离过婚的人,听人说,因为他好赌,工资不带回家,妻子和他分手了。

输钱后的计师傅,只有睡觉,不睡觉又怎么办呢,他连吃饭钱也没有了,如果有人愿意帮他打饭,他恶声恶气地说不吃。让我惊讶的是,一天不吃饭的他,干起活来却浑身是劲,别人干一会歇一会,他倒要脱光衣服,光着膀子,仿佛那些矿粉和他有仇似的,一锹一锹挖下去。过几天,他也会向人借钱,不是商量的口气,直通通对人说,借点钱给我。不管借多少,发工资时,他是一定还上的。让我奇怪的是,他从没向我借过钱,他多是向和他差不多岁数的同事借,有时也向别人的徒弟借,就是没向我开过口,虽然我是愿意借给他的。

后来,他又和一个女人好上了。

不苟言笑的计师傅,说这些时,却是满脸堆笑。

原料车间正如别人所说,是养老车间。上班八小时,真正干活只有半个小时。轻闲,却也无聊。

老师傅的今天就是我们的明天,我们被自己的明天吓到了。上了多年的学,心里一直在朝着一个目标奔跑,想不到这就是我们的终点。每天急匆匆出门,带着饭盒,骑上几十分钟的自行车,就是来这里发呆的。那些飘荡的灰尘,就如岁月的碎屑,会吸干我们身上的水分和活力,吸走年轻人的幻想和憧憬,最后,都成了"木乃伊"。

车间旁边围栏下种着蔷薇,每到五月份,白色小花布满栅栏,香气透鼻。有时,我站在栅栏前,看着那些小花,感叹它们的命运。这些娇嫩的花朵,如果开在花园或林间,会有蜜蜂和蝴蝶围绕着它们,开在这里,白色花瓣上落着点点黑灰,如患了绝症,花瓣被厚灰压得向下低垂,它们何曾尝到一点春天的美好,它们生来就是受苦的,它们的命运不也是我们的命运吗?

有这种感叹的肯定不止我一人,所有才进厂的年轻人心里都感到压抑,甚至愤怒,他们不屈自己的命运就这样清晰定格,于是迟到早退,喝酒闹事,甚至破坏生产。枯燥工作让他们无法忍受。有一个年轻人,为了少干活,竟把送料车皮的一个挂钩扔到料仓里去了,车皮迟迟拉不下去,最后保卫科的人在料仓里找到了挂钩。这个年轻人被扣除了当月奖金。

进厂没多久,车间发生了一起打架事件。起因很简单,甲班和乙班两位皮带工交接班时,因为皮带下几锹料没铲干净起了争执,两个都是才进厂的小年轻,年轻气盛,动起了手。乙班人操起罐头瓶砸了甲班人的后脑一下,当时没事,甲班人还洗了澡,准备到医院清洗一下创口,到了医院就再没回来。颅内受伤,手术台上昏迷后没再醒来。每个工段抽两人服侍,我被抽去,一个星期内,看到一个年轻生命的消逝。他是过继给现在父母的,两位老人指着他养老,现在人没了,老人受不了这个打击,随时准备跳楼,我们被抽去的人整天架着他们,厂里人说,千万不能让老人自己待着。

他整个家族的人都来了,面对这样的打击,大哥直接昏倒在花坛里,大姐只知以泪洗面,他们悲痛,他们愤恨,但都手足无措。以前,我对个人与家庭的关系是模糊的,此刻,第一次感受到一个人与家族的联系,是那样的丝丝相牵、难以割舍。

那时,我特别喜欢找一位姓彭的同学聊天,他在检测车间,比原料车间更轻松,这位同学比我更不能忍受工厂生活。一个大夜班,我到他那去,我们越说越激昂,他一脚踢飞取料的料盒,说,我一定要离开这个鬼地方。按规定,他要每隔两小时取次料检测,可他晚上从没去过,只是拿笔在表上胡乱填一下完事。取料盒一晚上都委屈地躺在角落里。

我这位同学是胆汁型的,容易冲动,感觉身上的精力随时会冲出衬衫。他说,我们的青春就这样浪费在这个鬼地方吗?不行,我们要马上行动,我们现在就写辞职信,明天就交给车间。我说,领导要是不批呢。他说,管他那么多,明早把辞职信一扔,我们就走。

说走就走。这想法让我俩浑身充满了激情。到哪去?当然是到南方去。南方才是年轻人去的地方。一个人想做事,想做大事,当然要到南方去。南方遍地是机会,多少年轻人在南方混得有头有脸,这种事我们听得太多了。但那晚没找到空白的纸,辞职信没写成。没关系,明天再写。

其实激情就持续了一夜,天亮时,我睁着惺忪的睡眼,看到同学蜷缩在长凳上,睡得正香,我抱着大衣,拉开门走了出来。上料皮带吱咯地响着,火车喷着白汽在努力挣扎。又是一个平庸厌烦的早晨。

后来我和彭同学都没再提那晚的事,好像都忘了。

彭同学永远对未来都有着设想,一会说去做生意,一会说要投资股票,当然也做过传销,反正他不安于现状。不安于现状的表现就是和领导搞不好。他换过几个车间,还通过父母关系调到另一个比较好的单位,无一例外,他说那些领导笨得要死,根本没法共事。他把那些领导都打了。

你为什么打他们呢?

我和他们有理有据地说话,他们竟然不听。这不逼我动手嘛。

有一年下大雪,天没亮,他在楼下喊我,说这么好的雪,躺着睡觉简直浪费了,走,到公园去。我们来到了公园,在一块空地上开始练武。所谓练武就是胡乱模仿武打动作,一会儿飞踹,一会儿翻跟斗,还脱光衣服,拿雪在身上擦,或光着上身躺在雪地里。经过一番折腾,我们身上热血沸腾,头脑又分外清醒,放眼望去,世界纯净,未来可期。

那激情野蛮的青春朝气,一去不复返了。

当别的年轻人迅速平庸化时，我这位彭同学一直没有安定下来，他讲话有些结巴，说来奇怪，结巴反而让他的话听来更加坚定有劲，更有说服力。最后，他确实离开了工厂，听说当了牧师。

还有一位年轻人，也是不能适应工厂生活，他每隔一段时间就要失踪一下。开始他还请假，后来连招呼也不打了，次数多了，车间要开除他，他的父母到车间领导面前哭着求情，让车间再给儿子一次机会。有一次下班，我在街上遇到他，他穿着西装，还打着领带，肩上挎着一个包，头发梳得一丝不苟，就像一个外出游玩的公子哥。平日我们也带包，都是帆布工作包，完全不是他挎的那个包。我问他到哪去了，怎么又半个月没来上班。他笑笑，说，找外地一个朋友玩去了。临分手时，他一再叮嘱我，别和任何人说看到他了。

他失踪那段时间的去向，对我们来说一直是个谜。

班组还有一位年轻的姑娘，看上去文文静静的，她有事没事就拿一本书在看，是自学的书，学的是会计。在这个男人多女人少的钢铁企业，年轻姑娘更是稀有资源，追求她的人自然不少，当别人还在半遮半掩时，班组中一位姓丁的年轻人首先亮明了态度，展开了对她的追求。她的活，他干了，她的饭，他带她弄，下班送她回家，也报了会计自学。后来，他放弃了追求，别人问他原因，他说，人家说了，谁能把她调离这个厂，她就嫁谁。他没这个本事，不能耽误人家的前程。

你爱不爱我？

我不能说。

为什么不能说？

说了也没用，我爸不会同意。

一次酒桌上，姓丁的同事和我们说了他和姑娘分手时的话。

这位姑娘在我离开工厂时，也没嫁出去。她成了老姑娘，还在看会计方面的书，考了那么多年，她竟然还没拿到毕业证书，相反，姓丁的同事倒拿到了毕业证书，现在除了上班还在外面代账。听原来班组的人说，她有点脑筋不正常了，现在有个老男人正在打她的主意，关系有点暧昧不清。姓丁的年轻人和那个老男人干了一架，听说下手挺狠，把老男人打住院了，赔了不少钱。

当工人的都知道，查岗是常有的事，工人顶烦的就是这个，骂坐机关的人吃饱了撑的。查岗一般选在晚上，主要查我们是否睡觉。

原料车间睡觉，那在全厂都出了名，不是趴着睡，而是铺着盖着睡。查岗有时事先打招呼，多数时间搞突然袭击。

被逮了几次以后,大家决定,每个大夜班留一人放哨。我放哨他们是最放心的,因为我的岗位在堆料机上,站得高,望得远。当查岗的人远远从路那头走来,我就能发现乱晃的手电光,按事先约好的,我就把堆料机启动。每当我值班放哨时,一个人站在狭小的操作间里,分外无聊,抬头望夜空,月亮也不似平时看到的那样皎洁明亮,而是发黄模糊,像一个大药丸。为了驱赶困意,我就唱歌。我最爱唱张学友和刘德华的歌,因为他俩的歌抒情又带着淡淡的忧伤,中间如果感到走音或感情不到位,就会从头再来。我唱得深情又投入,因为有着大块的时间,更主要的是没有一个观众。

说来奇怪,当有人站岗放哨时,不会来查岗,没人放哨时,倒往往会来。后来我也想开了,查就查吧,我不能因为查岗,全年大夜班不睡觉。这样,我就成了全车间甚至全厂被逮最多的人了,每次逮到,他们都说,又是你啊。为此,我不断更换睡觉的地方,想来想去,配电房比较安全。

配电房就在楼下,我把两个短椅子搬进去,放在配电柜后面,人虽然躺下了,却一夜没睡踏实,不知是电流声干扰了我,还是辐射啥的,迷迷瞪瞪了一夜,早上起来,人比一夜没睡觉还萎靡。有一晚,我刚迷瞪过去,配电房的门竟然被推开了,查岗的人用手电在我脸上乱晃,他们说,哟,躲在这里我们就查不到啦。我一骨碌爬起来,才知是个梦。我用双手揉着眼睛,吱吱的电流声像一根网丝缠着我,再难以入睡。

最难熬的是夏天的晚上。那时没有空调,料堆吸收了一天的热量,晚上就像火焰山散发着热气,无论人在哪里,都如被蒸烤,往往睡下没多久,就会热醒,身上汗水如注,汗水黏着料灰,说不出的难受。

有一天晚上查岗,查岗的人没走大路,从另一处偏僻的地方拐过来,一个人影见了他们就往前跑,查岗的以为是当班的人要去通风报信,就大喊"站住"。人影不仅没停下,跑得更快了。最后人影翻过围栏,直接跳到排污河里去了。原来是个偷铁的。

经常有"铁耗子"来车间偷皮带下的托辊,有一段时间,清点托辊成了交接班的一个重要内容。一天早上,我刚到厂门口,看到站了好多人,一问才知,是个女"铁耗子"被保卫科的人堵在了厕所,她在厕所脱下所有的衣服,光着身子冲上了大街。她一边在大街上跑一边骂骂咧咧,引得上下班的人驻足观望,都说这是个女疯子。最后,保卫科的人和她说,好了好了,我们不逮你了,你穿上衣服回家吧。

她才不疯呢,她的衣服在厕所里叠得整整齐齐。到过女厕所的人说。

我知道,她当然不是疯子,如果平日你见到她,多半她的脸上有着善良软弱的笑容,如果认识,哪怕不熟,还会主动和你打招呼。她们这样的人，从农村来到城市，没有见过世面，平日就靠从工厂偷铁维持生活。别看她们身单力薄，搬起铁块来，往往力量大得吓人，为了偷铁，甚至能用两腿夹着一块铁锭走路。每次被警卫追赶，只要有一丝退路，她们都能逃掉，比如快速跑过架在河上的管道而不掉到河里，从插满玻璃碴的墙头上翻过，从眼看要撞上的火车头前跳过。但这次不行了，她被堵在了厕所里，总不能像耗子一样从粪坑里钻走吧。她绝望了，心里有着太多恐慌和惊惧，一夜没有收获不说，还得被罚款，于是，她选择了牺牲自尊和羞辱。

我理解她们，因为我小时候也当过"铁耗子"。

班组也有不怕查岗的，不怕，是因为他们从不来上夜班。在工厂待过的人都知道，每个班组几乎都有个"刺头"，他们很少来上班，偶然来了，也从不干活。工段长见着他们都要笑脸相迎，稍不如意，就会被打。他们一般都是在社会上混的人。

我们班组的"刺头"叫阿毕，是从别的厂下岗分来的。像所有"刺头"一样，他也有个漂亮的老婆。他的老婆是解放路一家商店的服务员，号称"街花"，当年许多人追，当她下班时，店门口都要停几辆摩托车。和他们相比，阿毕没有摩托车，他每次都蹬一辆三轮车，在车上放一个小板凳，他让"街花"坐在小板凳上，他蹬着三轮车在街上穿梭。他用这种方式告诉别的追求者，"街花"是我的女人，谁也别想抢。

阿毕经常带人来厂里玩，那些人一看就是混社会的人，不是有文身，就是染发，他们还随身带着砍刀。工段长老刘一看这阵势，更不敢管阿毕了。

那一年，公司为了加强管理，搞竞争上岗，规定每个厂按比例让职工下岗，下岗也不是真回家，而是集中培训，再安排到新岗位去。当然，那些新岗位可能是苦脏累的岗位。培训后安排三次上岗机会，如果不上，就真正下岗回家了。

车间主任姓黄，长得瘦小，脸上从不见笑容，和人说话，眼睛总是斜着看人，随时要挖苦人的神情。黄主任见着阿毕是难得笑的，他用关心的口吻说，阿毕，我要是你，就不参加全车间打分，你想，你得分肯定是倒数三名，既然这样，不如主动提出下岗，那样的话，还能拿到八百元补贴。

阿毕说，是啊，黄主任，我听你的，就不参加打分了。我不丢那个人。

打分那天，全车间的人集中到厂部一间会议室里。对着全车间人员名单画钩，就是你认为哪个人应该下岗，就在他名字后面画个钩。名单中没有阿毕，因为他已经主动提出下岗了。黄主任说，你们不是整天嫌这个厂脏吗？现在给你们个机会离开这个厂。得分靠后下岗的，未必是坏事，说不定还能分到好厂去呢。

我们才不听他的漂亮话呢，大家都在心里揣摩给谁画钩，唯恐自己被下岗。表格收上去，车间领导说为了体现公平公正，当场唱票，其实是怕承担责任，排出最后得钩最多的两位，加上阿毕，这样三个人的名单就确定了。

下岗名单正式下来没几天，阿毕带着两个人来到车间，他大咧咧地坐到黄主任对面的椅子上，拿过桌子上的烟抽上一支，脸上却带着可怜相说，黄主任，我日子过不下去了，我下岗了，没有了工资，老婆也没工作，天天在家和我闹，还要和我离婚，我日子过不下去了。其实他老婆在一家酒店当大堂经理，拿的钱比阿毕还多。

黄主任说，阿毕，当初可是你主动要求下岗的，为此，车间还补贴了你八百元钱，别人还没有这笔钱呢。再说，也不是没工资，还有基本工资呢。

那点工资哪能生活？我都是听你们说的，如果我参加打分，不一定就能下岗，我是被你们骗了。

黄主任知道麻烦事来了，他的好心没有得到好报。

那你现在要怎么搞？

我不要怎么搞，我日子过不下去了，老婆要和我离婚。

……

谈话都是表面的，大家心里怎么想，彼此都心照不宣。阿毕就是想多要补助。最后，阿毕说了一个数目，好像很不情愿，完全是看在黄主任面子上才报的这个数，自己吃了多大亏似的。

这肯定不是个小数目，黄主任做不了主。他说，当初给你八百元，还是保密的，那两个还没有呢。

阿毕带去的两个人把袖子撸得老高，胳臂上绣着文身，他们抽着烟，不停走来走去，并大声随口吐着痰，不时凶狠地看黄主任一眼。

黄主任当然不能当面答复，以要研究为由先把阿毕打发走了。过几天，阿毕又来了，黄主任告诉他，不能补贴他那么多钱，他做不了主。黄主任这样说时，脸上带有一点悲壮和无奈，他从车间小金库里拿出八百元给阿毕，以为搞定了这个"刺头"，心里还自鸣得意，但他显然低估了"刺头"这类人，在社会上混的人，向来是只认钱不认人的。无奈之下，他向厂里说了一切，自然免不了被厂领导一顿训，说他胡搞，既然你这么好心，那你就用好心去摆平吧。

黄主任摆平不了，他现在后悔莫及，反正过两年就要"改非"了，训就训吧，他不能拿车间的钱去补贴阿毕，世上没有不透风的墙，补贴了他，那两个人早迟会知道。

那谁能做得了主？我找能做主的人去。阿毕拿眼瞪着主任。

反正我做不了主。

好，那我去找厂里，这事和你无关了，到时你不要露头就行。

阿毕带着两个兄弟去找厂里。全厂下岗的有几十个人，他们每天都聚在厂里，要厂里重新安排他们上岗。阿毕先来到他们中间，说，厂里让我们下岗我们就下岗了？他们凭什么？你们还要求重新上岗，重新上岗就是去干临时工的活，你们愿干吗？

烧结厂临时工干的活大家天天都能看到，就在料台上。一列车皮上来，卸料机先轰隆隆一阵忙活，车头和车尾总有卸不下去的料，就得让清料工一锹一锹往料仓里甩。那些清料工就是临时工，不管夏天还是冬天，他们都戴着风帽，用的锹都不是普通的锹，是那种四四方方，像面盆一样大，一锹起码能铲几十斤料。无论刮风下雨，有活他们就得上料台，他们的脸永远是黑的，他们到澡堂洗澡都得等正式工洗完，不然，满池水都会变黑。厂里从来不直接管他们，他们有自己的班组长，是靠拳头打出来的。

阿毕这样一说，那些职工仿佛突然明白了什么，一下炸了锅，早听说厂里要清退临时工，原来是让我们去干。阿毕说，我们找厂里去，要回原岗位，要不就多补钱。

原来蹲坐在厂部门前的下岗职工，在阿毕的领头下，向厂部大楼拥去。保卫科的人早堵在大门前，但被几十人一冲，就到一边去了。还没到厂长办公室，办公室主任挡在走廊上，阿毕让他滚开,他不仅不走,还口气严厉地问他们要干什么。阿毕上前一把封住他的领口,随手给了他两个耳光,把他扔一边去了。随后众人一起拥进厂长办公室。

更多的工人围在楼下看热闹,没一会,两辆警车拉着响开来了,但警车没能开进厂,被围观的人群挡在了厂门口的桥上。周围住家的和路过的,都围在厂门口,他们对下岗工人天然地同情,挡在警车前,不让进厂。警察从车上下来,不一会,从楼上把阿毕和他的两个兄弟带了下来,往警车上推。

阿毕和两个兄弟当然不想被推上警车,他们也和警察拉扯着。这时,周围的人一起大喊:警察打人了,警察打人了! 还有人也上来拉扯警察的衣服,扣子都被拉掉了。在别人的帮助下,阿毕他们终于挣脱警察的手,跳到污水河,从对面上岸跑掉了。

跑掉的阿毕和朋友喝酒去了,中间他的传呼机响了,黄主任告诉他,千万不要回家,警察已经在家等着逮他了。

这个事当时闹得挺大,全公司都知道,说下岗工人情绪激动,把警察打了。我知道这些,是阿毕在酒桌上亲口告诉我的。他老婆后来开了一家饭店,我常去吃饭,因为他借过我钱,我要去吃回来。他说,车间为了让他下岗,主任和书记经常到他家去求他,甚至要帮他家添一件电器,只要他提出来。我才不要买电器呢,那能值几个钱,我就和他们耗着,最后拿钱。

后来,阿毕就下岗了,关系转到公司服务中心。他说,其实下岗是他求之不得的事,什么三次上岗机会,那是吓唬老实人的,我才不听他们的呢,我就是不上岗,他们还能把我怎么样。

我曾为公司服务中心写过一篇吹捧文章,说他们工作多么辛苦,甚至人身受到威胁,玻璃全被砸光,门被踹坏,热水瓶被摔,我相信,其中就有阿毕的身影。

最后一次见阿毕,他已上岗,在渣山处理铁渣。他说,处理一吨公司给五十元,他们以三十元包给临时工干,坐着不动尽赚二十元。

阿毕常和我说为人处世之道,他说,像你这样老实是不行的,要想挣钱,就得走走黑道,社会不是你想的那样。

社会是哪样的呢?说真的,我到现在也没明白。

随着时间的流逝,我进厂已有几年,心里的焦虑和冲动在退去,慢慢地,已能和工厂和谐相处了。我对岗位设备完全熟悉,它们在我眼里变得柔和,不再具有伤害性,对那些飘荡的灰尘和脏污的空气,也不是那么排斥了,吸一口,已感觉不到刺鼻味。每天一上班,我就换上工作服,把换下的衣服叠放整齐,放在用报纸糊得干干净净的工具箱里,为了区别开来。我把茶杯、毛巾、饭盒,甚至干活用的锹,都标上标记,也能和那些老工人坐在一起聊天。当然,我也学会了赌钱。

以前大夜班,我宁可被逮住也要睡觉,就为了养足精神第二天看书,现在,到了大夜班,我就和几个人钻到一个破败小房间打起了麻将。那个小房间在铁路下面，三号皮带通道边，专用来堆放工具的，当火车从头上通过时，麻将都被震得要跳起来。几个人像小老鼠一样，躲在这里，算计着一两元的输赢。有一晚，恍惚中，我的意识突然游离了身体，飞升到空中，俯看着这一场景。只见昏暗的灯光下，坐着四个人不像人鬼不像鬼的活物，除了移动的手，根本无法和周围脏污的环境区别开来，摸牌的手，犹如枯瘦泛白的鸟爪，他们无声无息，就像深夜洞穴里忙碌的小动物。第二天早晨，当我从小房间钻出来时，冷寒的空气透进肺里，头脑清醒，这时，有着一丝悲哀渗入心底。

这天，我刚从小房间钻出来，向着晨光伸了个懒腰，迎面撞着一个人。

又打麻将了？

是班组一位姓罗的同事。我点点头，正为输了一百元懊丧。他又说，浪费时间。

我僵硬地笑笑。他说，你和他们是不一样的。随后又说，晚上有个活动，你可想来听听。

什么活动？

你来了就知道了。

不一定去。

他告诉了我时间和地点。晚上我还是去了，也许他那句"你和他们是不一样的"打动了我。

姓罗的同事,我们都喊他"哲学家",因为他常年抱着一些哲学书在看,整日一副深思的面孔。他在班组是个被忽略的人,从不参与闲聊和赌钱,有一次,阿毕酒喝多了,一把夺过他的书说,书呆子,看什么鸟书。他瞪着阿毕,声音不高不低地说,请把书拿过来。阿毕当然不会把书拿过去。他又说了一声"请把书拿过来"。声音不大,中间却透着一股力量。旁边的人看出苗头不对,就把书拿给了他。那天阿毕没有发飙,也许他也感受到声音里的那股力量。

有时,我们也会聊天,但聊不到一起去。他喜欢哲学,我喜欢文学,我看得出来,他对文学是有一丝轻视的。我也不喜欢他紧皱的眉头和那些故作高深的话。

晚上,我到了"哲学家"讲的地方,原来是个传销会。这是我后来知道的,当时并不明白。后来我又被人拉去参加了几次传销会,情景大同小异,先有个人上台煽情地问大家想不想摆脱命运,想不想做成功人士,然后问你在这个一没背景二没关系社会如何能成功。好了,现在有一条成功之路来到了你的面前,就是参加传销,先购买产品,再发展下线,下线发展多了,就可以坐在家里拿钱了。他说,顶级会员脚下掉一百元钱他都不会去捡,知道为什么吗?因为他弯腰去捡的时间里挣得都超过一百元。然后就是成功人士上台现身说法。那晚让我想不到的是,上台的成功人士竟然是"哲学家"。

"哲学家"穿了一件风衣,他脸上没有了阴郁和深沉,而是一副成功人士的笑容。他说他是一个小工人,整天窝在工厂里,每个月等的就是发工资,几十年的生活一眼就能看到头,他苦闷,他不甘心,他自从参加了传销,看到了生活希望,找到了人生追求,更主要的是他发现了自己另一面……他变得我有些不认识了。

会后,有人围着他,我没有上前和他搭话,我感觉他也不想和我搭话。当然,我们有的是聊天机会,每天有八小时在一起呢。这次,倒是他主动找我了,问我那晚听得怎么样。他的脸上还带着那晚的笑,一时让我不能适应。

我说,不就是卖东西吗?他愣了一下,就在我熟悉的那种阴郁就要爬到他脸上时,他脸上迅速又恢复了笑容,说,你没听懂。

这不单纯是卖东西,你想,东西出厂时价格很低,中间经过大代理商、中代理商、小代理商和商店的加价,卖到我们手里时,价格就高了,现在我们直接从厂家买货,便宜多少?一来买了便宜货,二来发展了下线还有钱赚,一举两得啊。下线还会发展下线,你就像个金字塔被抬高,而付出得很少。这样吧,你就做我的下线,有钱一起赚。

我没钱。

我借给你,你赚了再给我。

要买的东西是一台 VCD 播放机，要 1850 元。

可我发展不到下线。

你怎么知道发展不到？我告诉你，自从我加入后变化很大，可以说整个世界观、人生观都得到了改变，以前是悲观的，现在我对世界充满了乐观和美好的感情。其实世界就是一面镜子，你对它笑，它就对你笑，你对它哭，它就对你哭。世界是不会变的，要变的只有我们自己……

那天，"哲学家"和我说了许多。最后，他说，赚不赚钱，我无所谓，重要的是我发现了自己。

我提了一款 VCD 播放机回家，牌子我到现在也没记住，"哲学家"替我掏的钱。后来我又被拖着参加了几次会，再没去过。他热情不减，经常请假，到了班组就抱着电话打个不停，被工段长训了几次，说厂里电话打不进来，影响了生产。当他不来时，我就替他把活干了。我一个下线也没有发展成，其实我从来也没向人讲过这事。

离开厂里前，有一天他和我说，要到外地参加一个大会，还说参加那个大会都是有级别的人。他穿着工作服，却在脖子上围了一条浅色的围布。他们还让我上去讲课呢，我准备和他们说说哲学。

这是我见他最后一面。前两年我搬家，清理杂物时，见到那台 VCD 播放机，又想起了他，不知他发财了没有。

寻 母 记

　　这是发生我朋友身上的事,我暂且称他为小倪吧。三月中的一天,小倪的母亲走失了。

　　小倪的母亲我见过,是一位轻度精神病患者,和所有这类病人一样,身体虚胖,眼神痴呆,除了亲人,别的人都不认识,喜欢穿大红大绿色彩艳丽的衣服。

　　小倪是一所设计院的电工,在这个知识分子成堆的地方,他只能算普通人员,好在他的工作并不繁重,办公室就是配电房,设在居民区内,为了方便照顾母亲,小倪在居民区为母亲租了一间房子。每天,母亲穿着鲜艳外套从儿子班组门口经过,小倪都会拿出手机对母亲拍一张照。

　　母亲曾走失过一次,有天,母亲坐公交车方向反了,坐到了市郊一个叫慈湖的地方。那已是最后一班公交车,又是晚上,路上没有了行人,她下了车,没有看到熟悉的标识,就来来回回在路边游荡了一夜,第二天早上,终于引起了交警注意,上前询问,她别的也答不出,只说出了一个楼名:十六层。全市人都知道这个楼名,因为曾是全市最高的建筑。

有过这样经历,小倪就留了个心眼,把自己的联系方式和住址写在小纸片上,放在母亲的口袋里,每天母亲经过他班组时,就用手机拍张照。他有种预感,母亲还会再次走失。

晚上,小倪到母亲的家里,发现灯是亮着的,人却不在。母亲是常年不关灯不关门。人不在,小倪虽然有些担心,也没有太过焦急,也许母亲又跑出去玩了,晚一点回来,再说,他那晚还要参加一个教友聚会。

小倪信基督教,他把母亲带到教会,母亲也信了。他说,母亲看上去傻呆,唯独到了教会,她什么都懂了,还能和大家一起唱歌,甚至对《圣经》也明白。他的母亲本是那种安静的病人,在教会里,教友出于关心,也许比常人对她友善,会主动和她说话,这让她感到舒服,至于她突然头脑开窍,真如迷途的羔羊找到了家,什么都懂了,我是有保留地相信的。仅以我的有限接触,知道信徒们,有时为了宣扬信教的神奇,会经常说一些违背生活常态的话,比如瘫痪多年的人,信了教后站了起来,医院宣布绝症的病人,信了教后啥病都没了。

小倪只是初中毕业,并没有大的人生波折和情感起落,为什么会信教,我曾问过他。他说,这就是上帝的召唤吧。他像所有信徒一样,有着一双柔弱的眼睛,但他终究是年轻人,常会睁着那双柔弱的眼睛说:他怎么会是这样的人呢? 他,当然是世俗中的人。那些人身上的自私、固执、蛮横,让他不理解。

正是如此,母亲一天未归,小倪的心里并不显焦急,他心里可能认为,母亲是信教的,上帝会保佑她。

第二天一大早,小倪再来到母亲住处,灯依然亮着,门也开着,他担忧起来,母亲会到哪去了呢? 班中,他几次回去,母亲都不在,晚上,母亲还是没有回来。

寻找母亲是从第三天开始的。小倪骑着摩托车满市区寻看,自然还骑到了慈湖,到了公交车的终点站,向旁边一个卖水果小贩打听。没有结果。他向更远的地方骑,向更多的人打听,多数人摇头,有的人摇头后又点头,不过是说印象里见过这个人,但确定不了哪天。

回来后,小倪给弟弟打了个电话,说母亲三天没回来了。弟弟开了家中介所,业务很忙,接电话时正带着人在看房子,他说怎么会三天没回家呢,怎么才给他打电话。

弟弟隐隐是在责备小倪。小倪想,早给你打电话又会怎么样呢,以前倒给你打过电话,哪次你都说忙。小倪心里有些不快,母亲是我一个人的母亲吗? 就是我不打电话,你做儿子就不能常回来看看。是的,我是有些时间,那不能把母亲都甩我一个人身上了啊。

有许多次,小倪想当面责备弟弟一顿,数落他一下,想想,这除了换来弟弟诉苦外又有什么用呢,几次话到嘴边又咽了回去。

晚上,兄弟俩商量的结果,一是报案,二是写寻人启事。

弟弟字写得好,寻人启事由他写。写的过程中,他问母亲多大了。小倪看了他一眼,说,妈妈七十五了,属鼠的。写完后,小倪看了一下,把其中精神病人改为了老年痴呆。

坐在母亲出租房里,小倪觉得有些超出季节的冷。母亲在时,房中的一切都带有一丝气息,现在,这些气息突然与他隔绝了,或说正在慢慢散失,让他感到无助,而此时唯一能相帮依助的,只有身边这个亲人,或者说,还有主。

第二天,他们先到派出所报了案,再找到一家打印室印了一百份寻人启事。打印的人提醒他们应该到电台广播一下。小倪和弟弟分了工,弟弟说认识派出所的人,他去报案,小倪到广播电视台去。两人各拿了五十份寻人启事分手。

广播电台一天播三次,每天五百元。他们说,播三天吧,播多了也没用。离开电台,小倪开始贴寻人启事。以前,他对乱贴在电线杆和墙上的纸片,心里颇有意见,现在,他倒希望人人都能来看一看。贴的时候,他发现,那些以前不曾留心的纸片,很多也是寻人启事,贴的时候,他没有贴在那些纸片上面,哪怕那些纸片已经泛白破损。他骑着摩托车,跑到卜塘,跑到向山,跑到当涂,都是离城很远的地方,仿佛离得越远就越有希望。

小倪做着这些,心里不知道能有多大希望,或者说并不抱太大希望,但不做这些,又能做什么呢。小倪在微信上也说了这事,并把母亲最后一张照片附上。

很快,他收到了许多朋友留言,有的说前两天还看到老太太呢。等他打电话询问,又说不清楚具体是哪天。身着鲜艳衣服行走的老太太已成日常街景,消失几天不见,他们还以为就是昨天的事呢。

教友们一起为他母亲祷告,牧师说,你妈妈是平安的。

一个朋友提醒他,可以调监控录像去查。

第五天,小倪和弟弟主要去看监控录像。小区录像模糊。他们又到派出所去看。派出所倒很配合,调出录像免费让他们看,看时,派出所的人要在场。不可能按正常速度看,只能快进地看。半天看下来,眼睛发胀,并没看到母亲的身影。

晚上,小倪和弟弟坐在母亲房里,灯光没有一丝暖意,他们默默相对。几天寻找的结果,让他们心里都有了绝望的念头,但他们都不愿说出来。小倪还有种别样的感受,一个人突然从生活中消失了,哪怕是亲人,却像从来没有存在过一样。他摇摇头,想把这种感觉从脑子里驱赶掉,他怕这种感觉是一种不祥的预兆。

和弟弟分手后,小倪回到家,儿子还没睡,显然在等他。儿子说,明天他不想上学了。他问为什么。儿子说要在家守电话,万一有人打家里电话,没人接怎么办。小倪说不用,你还是去上学。

　　儿子小时候是奶奶带的,对奶奶有感情,奶奶走失后,活泼的儿子突然变得沉默寡言了。

　　小倪在家里呆坐了一会,最后又推门走了出去。

　　小城的三月,已有春天的气息,街上行人不少。小倪想,这么多人,怎么母亲就从人群中漏掉了呢?到处都是人,又能漏到哪里呢?小倪一边想一边往前走,渐渐地,他远离了城区,走到了郊外。

　　天空一轮明月,清辉笼罩着大地。小倪抬头望着夜空,月光让他心里的烦躁平静了些,他突然有种感觉,母亲离他并不是很远,甚至随时会从身边的暗处走出来,挎着那个碎花布包,当然还是那身花衣服,问他半夜为什么不回家。他还想起小时候,家里穷,母亲带着他和弟弟到这里来拾花生的情景。他和弟弟在花生地里打闹,母亲弯着腰,用一把小铲子在地里挖,翻找农民遗落在土里的花生。回来的路上,他和弟弟腿都走疼了,赖着不走,母亲呵斥着,一手拉着一个往家走。

　　其实,小倪心里,已经有了不祥的想法,他想到如果找不到母亲怎么办,如何通知老家人?不用说,他们会责怪他,哪怕在心里,责怪他这个长子是如何照顾母亲的,怎么把母亲弄丢了,活不见人,死不见尸,这是什么?这是不孝啊。为什么不和母亲住在一起?

是啊,为什么不和母亲住在一起?这又不是一句话两句话能说明白的。以前他是和母亲住一起的,母亲脑子不好,家里总弄得一团糟,有时还把纸盒子和饮料瓶捡回来,妻子又不通情达理,嫌弃母亲,为此,他没少和她吵架,甚至动过手。后来,没办法,他把母亲送到养老院,一个月后又接了回来。母亲天天拿个小板凳坐在门口,等他来接她回家,谁喊也不进屋。

妻子文化不高,喜怒都露在脸上,她对待婆婆不可能像对待亲妈一样。妻子说,我不靠她能帮衬到我,我只求她不要太给我添乱。但一个脑子不好的老人,怎么样不添乱呢?上厕所忘了冲水,洗澡会光着身子出来……最后,妻子也得了抑郁症,天天吃药,身体坏了。有一天晚上,他们大吵了一架,半夜,妻子把头蒙在被子里号啕大哭。没有办法,他才给母亲在外租房子住。他在心里责怪妻子,为她不能为老人着想,但他又想,连自己的弟弟都不常来看顾母亲,又如何太高要求她呢。有时,他也觉得妻子可怜,看着她因吃药变形的脸和身材,为她难过,他想,如果哪一天母亲不在了,这些烦心的事就可以没有了吧。

现在,母亲真的没有了。但不能以这种方法没有啊。

小倪喜爱运动,因为母亲的缘故,他的运动只限于本市,顶多骑车到相邻的城市，当天就要回来。有个朋友喊他一起骑行青海湖，他不能去，还有个朋友到泰国骑行，回来和他描述所遇所闻，让他羡慕。其实他的心里有个远游计划，就是在春天里，沿着新安江和富春江一路走下去。听说新安江的水是最清的，春天来临时，两岸桃花梨花油菜花盛开，随路是景。他不想做一个匆匆的游人，只是蜻蜓点水去看一看，他要背个包，从源头徒步走到入海口，累了，就躺在岸上的草地上歇歇，晚上，随便选个沿江小旅馆住下，真正让心身安歇。如果母亲真找不到了，这些计划就可以实现了。

我这是怎么啦，怎么会有这个念头。小倪在心里自责起来，难道我不想找到母亲吗？主啊，宽恕我吧。

第六天，小倪和弟弟主要还是骑车寻找母亲，不时掏出手机看一下，怕漏过任何与母亲相关的信息。他想接到信息，又怕接到信息。

依然一天未果。晚上，小倪和弟弟默坐在母亲房里。他想和弟弟说说，要不要告诉老家人，特别是母亲的娘家人。估计弟弟心里也有这个想法，两人都不说，还不想放弃最后的希望。仿佛一说，就再没有希望了。

两人坐在屋子里，觉得从未有地孤单无助。母亲在时，他们奔波忙碌，心里却有一份安稳，现在母亲没了，突然感觉生活中的一些凶险向他们迎面扑来。

十一点时,小倪突然说,我们到防空洞去看看。

弟弟睁着不解的眼睛看着哥哥,眼光中甚至带有一丝责备。小倪说,走,现在我们就去。弟弟说,瞎想什么,妈怎么会到那里去。但他还是站起身来。

离出租房不远有一个防空洞,一直挖到雨山里,早年曾租给人家养蘑菇,现在已经废弃,里面到处是深的水坑,上面漂着泡沫板和垃圾,不知道的人,很可能会把水坑当作平地。

防空洞常年不关门,兄弟俩来到防空洞,拧亮手电筒。这里曾是他们小时候玩耍的地方,自然很熟悉。他们沿着狭窄的台阶一步步往下走,用手电筒照着那些水坑。水坑上的泡沫板和垃圾拥挤着,根本看不到下面的水。小倪不自禁地喊了一声妈,声音在防空洞里回响,随即消失在空洞的黑暗里。弟弟紧跟着也喊了一声妈。

两人相隔喊着妈,声音都不是很大,不知怎么的,他们害怕高声。

小倪没留意脚下,一脚踩空,摔倒在地,刚要站起,一阵疼痛从脚踝直蹿上来。他脚崴着了。弟弟伸手扶他,他说,别忙,让我坐一下。

弟弟让小倪先坐着,他一个人往里去。

看着弟弟往前的背景,听着弟弟喊妈的声音,坐在潮湿台阶上的小倪,有种被世界遗弃的感觉,没有了母亲,外面的世界对他们来说,就如这个防空洞,阴冷、黑暗,充满着不可知的危险和不测。疼痛正是这种遗弃的回应。

弟弟回来了,说没有。小倪心里舒了一口气。他站起来,又一阵疼痛蹿上来。弟弟说,我背你吧。他说,我能走。但他却迈不开脚步。弟弟在他面前蹲下来,说,来吧。他犹豫了一下,还是趴在弟弟的背上。

趴在弟弟背上的小倪,心里有些不适,又有些安慰。以前,他曾责怪弟弟不常回来看看母亲,现在想想,他也有难处,不像他,有份安稳的工作,弟弟为了生计,开了家中介,为了一家子的生活不得不整日地忙,他不应该再过多责怪弟弟,他应该理解弟弟。

到了防空洞门口,小倪执意要下来。他觉得脚上的疼痛不是那么重了。

回到家,儿子还没睡,他问可找到奶奶了,看到父亲摇摇头,他也就不再多问了。小倪问他作业可写好啦,他点点头,问他可洗过澡了,他点点头。儿子已经上高中,这几天,他也突然像换了个人,变得懂事了。

儿子把门带上,小倪说,把门开着。儿子没多问,又把门打开了。

去年大雪天,深更半夜,突然响起敲门声,小倪打开门,母亲满身雪,把一碗饺子捧到他眼前,说,儿子吃饺子。

小倪觉得关了门,就似乎阻隔了与母亲的最后一丝联系,他希望母亲能像那晚一样,半夜走回来,满脸含笑。

小倪呆坐在家里,神情麻木,内心无助,他只能在心里祈祷:神啊,交给您了,如果她没事,您让她平安,如果您带她走,也不要让她受罪。

第七天,小倪的心里已经绝望了。手边还有几张寻人启事,他就随手贴在了居民区里。随后忍着脚痛又骑车寻母去了。

电话是在快中午时打来的,显示是一个陌生的电话,后来小倪得知,那是住在居民区的一位张大姐的电话。她在电话里说,小倪,找到你妈了。

在哪里?在哪里?小倪不敢问是死是活。

就在我们楼的电梯里!小倪,你不要急,你妈挺好的。

张大姐在小区路口等小倪,带着他到了电梯口。母亲坐在电梯里,已经非常消瘦,她一看到小倪,说:哎哟,我儿子接我来了。

电梯里弥漫着骚臭味,小倪看到扶手上挂着塑料袋,后来才知,那是母亲的小便。母亲爱干净,解下的小便都用塑料袋装着,再挂在电梯扶手上。地上散落着半袋冰糖,七天里,母亲就是靠着这袋冰糖活了下来。

小倪给弟弟打电话,等弟弟来的时间里,他得知母亲被发现的经过。这栋楼中间单元有两部电梯,一部常用,一部平时不用,这几天,张大姐常常听到备用电梯里有细微的声音发出,等她把耳朵贴上去又什么也听不到,只是闻到一股臭味,她也没在意。今天上午,她去买菜,恰巧看到了寻人启事,走到电梯前突然想到了一起,就喊同事来,同事正好有钥匙,打开就看到老人在电梯里。

弟弟来了,两人要把母亲送医院。母亲坚决不同意,她要回家洗澡。最后,兄弟俩把母亲搀扶着送回家。

事后,小倪问母亲,怎么会到电梯里的。母亲说,你在这栋楼上买了新房,我当然要去看看。小倪说,我没在那买房啊。母亲说,你看你,自己买的房子都忘了。

小倪知道,这样的幻觉母亲常有,也就不和她争辩。不知怎么的,那天备用电梯的门正好开着,母亲就走了进去,一进去,门就关上了。

那你怎么不敲不喊呢?

我敲了喊了,没人应。我就认为是上天让我在里面待着的,那我就待着呗。

电梯密封性好,一丝光也透不进去。母亲说,开始两天,眼前有个醒目的标志,具体是什么,她也不知道,后来就消失了,饿了,她就含一块冰糖在嘴里。

先到出租房,给母亲喝了热水,又下了面条,再送到自己家洗个澡,随后,母亲倒在床上呼呼大睡起来。

看着母亲熟睡的脸,小倪想到《圣经》中的一句话:第七日,上帝说要有光,于是有了光。

家在雨山下

20 世纪 80 年代,我家搬到雨山十二村,站在五楼,抬眼就能看到雨山。山形两头翘,中间凹,看去像个枕头。每次想成枕头,我就觉得脖子不舒服,山南翘得高,山北翘得低,这样的"枕头"睡上去,脖子难免会硌得慌,稍不注意,头还会往低的地方滑。不能滑,北边翘的山头建了个气象站,那要是戳着脖子,滋味可不好受。

那时雨山还有着莽野气,不如现在精致,山上杂树乱生,坟茔满山。我在十七冶中学念书,也在雨山脚下,每次上学,要经过山边。山上的坟茔有的完好,有的已经塌陷,坑里露着一截截木板,偶有野狗在中间游荡,看上去有些吓人。住山南的同学会绕半个雨山来上学,他们说,在坟茔中能找到骷髅头,还把它当球踢。

雨山,在少年的我心里,带有一点恐惧,除了满山的坟茔,还有那些传言。说山上经常发生强奸案,受害人传得有鼻子有眼,作案者却从来没被逮住过。有一天早上,说昨晚山上有一对青年男女喝药自杀了,因为家里不准他们恋爱。

再走过山脚,我眼睛看着山坡,想象那对青年男女可能自杀的地方。也许会在那些坟坑里,坟坑自然让人害怕,但对死亡都不怕的他们来说,坟坑未免不是一个温暖的窝。他们心中怀着悲哀绝望,蜷缩其中,泥土腐败的气息,让他们闻到死亡的气味,他们紧紧相拥,祈求死后永不分开。也可能选在那棵松树下,那里相对平坦,绿草成片,躺上去会舒服些。虽然此时舒服对他们已是一种多余,但本能还是无法抗拒,夹伴着爱情凄凉的死亡,没有理由不选择一个美些的地方。

以后,每次经过那片山脚,我似乎都闻到一股刺鼻的农药味。

雨山就在学校前,我却很少上山。上山,在学生中另有含义。

那时把坏男生叫"小混子",坏女生叫"小飘子"。老实的学生放学就回家,坏男生和坏女生才上山。他们上山干什么,在老实学生眼里,一直是件神秘的事,常听他们说,好了好了,不说了,这事等上山再讲。上山,成了他们那伙人的暗号,一种含义不明的炫耀。

雨山东边是十七冶中学，西边是红星中学，两所学校的小混子要打架，就相约雨山。经常听他们眉飞色舞讲打架的事，我们这些老实学生，在感到压迫的同时又充满羡慕。

我家前楼有个小混子，有时上学放学路上会一起走，我就自认为和他比较熟。有一天上学路上，他神秘地说，放学后要在雨山和红星的人打架。我突然说，能不能带我去？他上下打量了我一下，说，你行吗？我马上兴奋地说，怎么不行。他说他也是被朋友约的，并不是他的事，还说要捡半块砖头放书包里，家里那把刀忘带了。我家那把刀你见过吧……我连连点头，其实我根本没看过那把刀。

一下午，我都没在听课，感觉全身热血都在滚动。他们会怎么打呢？两边的人在山头相遇，手里拿着砖块，也许还有人拿着铁锹，发一声喊，向对方冲去……我可不能当逃兵啊。

放学后，我在校门口等他。有同学问我在干什么，我说有事。说时，我的脸上带着一丝神秘，他们看了看我，脸上显露出一份生疏。那个小混子来了，他为我在校门口等他感到惊讶，并让我回家。我说你中午答应的。我的脸通红，感觉都要哭出来了。他很不情愿地让我跟着。

当时上山的路，只有通向气象站的一条石板路，别的都是踩出的小道。七八个人顺着石板路向山上去。那天，对方没来应战。这让他们很愤怒，或很勇敢，他们一边骂着脏话，一边用棍子对着树枝一阵乱挥。只有我,松了一口气,一直提着的心落在了地上。

随后,他们坐在山顶抽起烟来。其中一个对我说,小子,过来,带钱了吗?我走过去,说没钱,说着还把口袋翻过来。他又要看我的书包,说塞的什么东西,鼓囊囊的。我把书包递过去。他把书从书包里掏出来,一本本地扔出去,还说,整天带这些破玩意干什么。整个过程,别人都像在看热闹,包括那个带我来的邻居。我低着头把书一本本捡回来,重新塞进书包。那天我是如何下山回家的,已记不太清楚了。本想靠近小混混,了解他们的世界,最好能被他们接纳,得到一点炫耀资本,结果得到的是屈辱。这种情况在我以后的岁月里还出现过,每当我向世俗强权靠近时,得到的往往是羞辱。但对性格懦弱的我来说,世俗强权又有着某种不可抗拒的诱惑。

有一段时间,雨山上的松树全被砍光了,光秃秃的,没有了神秘,恐惧也无处藏身,如剪光毛的羊,丑陋又难看。冬天风雪中,我站在阳台看去,雨山瘦弱瑟缩,像蜷缩卧地的羊,无助,满含委屈。听说雨山要整修,但整修没必要把树都砍光啊。我在心里骂有些人的愚蠢,其实不知道山上的松树得了松材线虫病,这是松树的"癌症",只有砍光烧掉,没有别的防治办法。

后来我上班了,在马钢一烧结,三班倒,每天骑自行车要四十分钟才能到单位。未工作前,虽然知道自己是要当个小工人,但未来的不确定,还让我对生活抱有一份想象,一旦落实到现实,每天面对一成不变的环境和面孔,漫长的未来只是眼前每一天的重复,单调乏味的生活一下就让我失落起来。

爬山念头什么时候产生的,我记不太清了。那时雨山正在整修,花雨亭小区还是一片农村。我绕过小水塘,从防空洞旁边的小道上山,那条路直通山上的凉亭。凉亭里住着一个精神病人。他头发纠结,神情忧郁,长年穿一件大衣,竖起几块硬纸板挡风,地上铺着破衣服,这就是他的全部家当。他一定也是要吃饭的,吃饭就要下山,那他为什么不就近找个避风的角落安家,非要爬到这个四面透风的凉亭来呢?特别是下雪天,凉亭四周铺着一层白雪,他坐在水泥长凳上,背靠柱子,低着头,目光长时间盯着自己的脚,一动不动,忧郁的眼神仿佛也被冻住了。他不像一个精神病人,更像一个隐士,对世俗的厌恶超越了满山的寒冷。

那一段时间,我每天都爬一趟山,哪天不爬,心里就有些失落。爬山于我,有些朝圣的意味。爬到山顶,站在最高点的一块石头上,向南眺望。南边是开阔的农田,春天里,金黄的油菜花铺向远方,有时,我会走进去,浓郁的花香让我分外沉醉青春的迷惘。秋天,稻子成熟了,我第一次知道稻子的香味那么好闻,每吸一口,好像身上有一部分正变得美好。我顺着河边稻田一直往南走,然后再顺着铁路走回来。

鸟巢在盖的时候,有个人每天对它拍一张照,我觉得这不是有意义的执着,相反,是无聊沉闷生活的排遣。如果那时我也有相机,可能也会每天对着山下一个地方拍照,以打发苍白孤寂的青春。

　　一个满月之夜,我小夜班回到家,已经十二点多了,站在阳台看去,月光融融下的雨山,柔和,神秘,全然不是白天的样子。我突然萌发一个念头:月下登山。这个念头让我感到刺激,并无法抑制。

　　此时的雨山,寂静,安详。我顺着日常走惯的小道上山。后来栽的树已经长高,正是初夏时节,月光从枝叶间漏下,满山听不到一丝声息。山上的坟茔大部分已经迁出,只有野坟还留在林间。和白天相比,我的心情有些忐忑,夹杂着恐惧,还有些许的期盼。山上的凉亭,在月光下显得更加空旷,邈远,那个精神病人的存在,仿佛是很久以前的事了。我刻意在凉亭里坐了一会,月光满山,空寂无人。我犹豫要不要再往上爬。似乎是为了战胜心里那份恐惧,决定再往上走。

　　来到最高点,站在平日站立的那块大石头上。西边是马钢厂区,烟雾缭绕,看去,就像一艘乘风破浪的巨轮,上方是孤独燃烧的高炉煤气;笼罩在清辉里的南边田野,勾起我温暖的乡村记忆……就在我要下山时,一阵扑啦啦的声音传来,我的心一紧,凝神细听时,又只剩一片空寂。我掉头往回走,那阵扑啦啦声音再次响起,并持续不断。我心里隐藏的恐惧也开始冒头,但我还是决定过去看看。

原来是一个塑料袋挂在枝头,风一吹,发出扑啦啦的声音。只是一场虚惊,但这个虚惊又让我释然,心情轻松地下山了。

后来,我调到马钢公司工作,在山北,这样,我的生活就真正围着雨山转起来。马钢公司后来搬到新大楼,还是在雨山区。如果不出意外,我估计,以后的生活和工作都只在雨山区打转了。

现在的雨山也不是原来的模样了,她变得雅致起来,山下有喷泉广场,有梅林、竹林,十几条台阶小道直通山顶,连山下的石头上,都刻着图画。太多的人在此遛狗和健身。

偶尔,我也会爬山。沿着清洁的小道,拾级而上,到了山顶,闲散地四周望望,再缓步下山。此时的我,思绪不乱,气定神闲。

我的英语课

英语一直是我心头的自卑，说出来也许有人不信，二十六个英语字母，我几乎不能完全地念出来。

为什么会是这样，似乎有迹可循。小学四年级我从老家农村转学到这个城市，在老家没学过英语，新的学校已经开设英语课一年了，就是说我一拿到英语书，打开的不是二十六个字母，而是直接面对单词和课文。这让我发怵和心慌，面对那些陌生的英语单词和根本听不懂的读音，农村孩子在城里的恐慌与局促完全表现。

现在想来，这是很简单的事，哪怕是从中间学起，只要一味地死记硬背，也没有学不好的。再说，高中的时候还是重新从二十六个字母学起的呢。在我学习英语的过程中，可以说，一切学习的技巧和道理对我几乎都失效，我对英语有种天然的免疫与抗拒。回顾我学习英语的生涯，可以说，学习英语的过程，就是自我折磨、挣扎、反抗、失败、绝望的过程，其中的跌宕起伏，所付出的，远远超过学好英语所需要的努力。

初到新学校，记得英语老师是位女老师，她严肃而认真，在我看来严肃就等同于认真。她从不笑，反正我没见过，总是昂着头走路，冷峻的神情更增添了英语在我心中的神秘与高贵。她很少与同学交流，对英语成绩不好的学生从来没有同情心，也没有因我才学英语而对我稍有不同，因此，我常因回答不出问题被她拧耳朵和罚站。她的体罚是不是给我留下心里阴影，这一点我不得而知，反正她加剧了我对英语的恐惧，让我一直认为英语是有性别的，那就是母的。

小学六年级，我们换了一位英语老师，是位男老师。他相貌威武，有一张属于男子汉的大方脸，因为天天刮胡子，脸上泛着一层青色。他瞪起眼来很凶，挺吓人，不过，他很少瞪眼，相反，讲话倒很温柔。那时我已经当了班长，他对我说：老师一进教室，你就应该用英语喊"起立"。我用汉字记下了起立的读音：死蛋大扑。

每天英语课，上课铃一打过，我就紧张地盯着门口，一看到他迈进门，就大声地喊道"死蛋大扑"，并第一个站起来。之前，我在心里不知默念了多少遍，就希望大声喊出来时，显得顺溜自然。但从他的表情来看，我念得既不顺溜也不自然，有几次，他看了看我，眼里闪过一丝疑问，终于有一次，他纠正我说，应该这样念。并叫我大声跟着他念一下。同学哄堂大笑，我满脸通红，就像一桩隐私被发现了一样。

那时，在我们的棚户区来了一位老人。他孤单一人，无儿无女，自己租了一间小屋。他的身世无人知晓，听他说出过国，证明是他能讲一口流利的英语。他主动提出可以教我们几个小孩学英语，不要钱。

第一晚，他就让我们佩服得不得了。他问我们"一"念什么。我们说念"玩"，他摇摇头说，不对，应该念"温"。随后他告诉我们，英语有美式和英式之分，"一"最正宗的念法是"温"。

第二天，我问英语老师，"一"是不是可以念"温"，并告诉他这是一个从外国回来的老头教我们的。让我吃惊的是英语老师承认了"一"可以念"温"，还向我打听了那位老人的事，并说有时间要去拜访他。

听了老师的话，我心里暗暗高兴，心想，有这么一位高手教我英语，要不了多久我的英语成绩就会提高，不仅赶上全班同学，甚至有可能超过他们。不是嘛，老人的英语可是比我们的老师都高啊，不然，老师怎么会想着去拜访他呢。老人也说，他要从二十六个字母教起，把我们基础打得牢牢的。他是这么说的，也是这么做的，每次发音，他都要我们张大嘴巴，让他看看牙是如何咬的,舌头放在哪里,如何吐气,等等。不用说,我做得比别的小孩认真。

可惜好景不长,老人生病了。记得最后一晚我去看他,他躺在床上一边咳嗽一边说,等我好了一定再教你们,这段时间你们先看书。

老人再没教过我们。后来,他到哪去了,我也不知道。他到过国外,见过大世面,晚年怎么无依无靠地住在棚户区,没有一个人知道,他对我来说是个谜。他的事我曾写在一篇小说中。回想这个人,让我心里增添一丝命运的无常感。

除了英语,语文与数学我都成绩突出,甚至被老师称为"神童"。那时衡量一个学校好与坏,就看这个学校是否有学生考上市重点中学,考上几个。在我之前,我们学校已经很多年没人考上市重点中学了,各位老师,甚至校长都把希望寄托在我身上,希望我为校争光。但我深知,我考不上,因为我的英语成绩太差了,每次只能考二十几分,这二十几分还是在选择题中蒙来的。

现在,我回想小学的几位老师,以及他们对我的殷殷期待,免不了心生歉意。可以说他们对我宠爱有加。我上课可以不听课,可以看课外书,谁要是敢和我闹别扭,老师会不问青红皂白把他训斥一番,甚至打骂一顿。在我们那个城郊小学,老师体罚学生,向来不会手下留情。

十几年后，我已经上班，有一次在路上遇到小学数学老师，他一口就把我的名字报了出来，我的脸马上就红了。我希望小学的老师把我遗忘，这是我表达愧疚最好的办法。

初中三年我的英语成绩依然不好，因为别的功课很好，一直还处在好同学之列，不用说，英语老师对我也不咸不淡。每次上英语课时，上一节课的聪明与灵光全不见了，脑子里木板一块，英语单词休想钻进去。朗读课文时，我装模作样地跟着读，不敢大声，也不敢不出声，只求老师完全忽略我。

按理说，我英语成绩如此糟糕，就不应该上高中，最好是考中专或上技校。但我还是上了高中，原因有两个。

一是就读的那所学校为了追求升学率，在初三最后一学期，把成绩好的学生全部集中一个班，强迫他们志愿选择高中，如果谁不愿填报，马上调到别的班去。出于面子，很少有人反对，同时还有着一份小小的虚荣心。二是学习的盲目性。总觉得上高中是正途，只有上了高中以后才可能考大学，有希望。根本没想到，能考上大学的只有几人，大多数最后还不如考中专和技校的。指望十几岁的中学生清醒地规划好人生之路，显然是不可取的。这份盲目性很大程度也存在家长头脑里。认为孩子能多上一天学都是好的。直到孩子学进死胡同里。

上高中，唯一的出路就是考大学。为此，我下决心要学好英语，但最后还是以失败收场。

每次，开始时我精神振奋，决心打个翻身仗，可随着时间流逝，那种味同嚼蜡的感觉又来了，看着那一个个英语单词，就像嘴里嚼着一粒粒沙子，怎么也咽不下去。让我头晕的是所有的英语单词都是由 26 个字母组成，它们像一个个迷宫，一会变幻成这样，一会变幻成那样，有的眼看着全身都一样了，结果就一个指甲盖涂了别的颜色，就是另外一个意思；再看那一行行句子，都是排成队的小蚂蚁，一样的外壳，一样的构造，区别只是脚上的小绒毛，它们像一条条绳索勒着我的脖子，往下读，如陷下一片沼泽，越挣扎陷得越深，直到窒息。那些单词最后都成了嘲笑我的小鬼脸，满纸都是它们在挤眉弄眼，或一副假正经的端庄。

一次次满怀信心的振作，一次次心灰意冷的失败，终于心力交瘁，全面败退下来。当进入高三时，我决定放弃了。

当放弃的念头终于被我接受时，心里反是一片坦然与轻松。

自此，英语课成了我最难度过的时光。它对我来说，不是四十五分钟，而是九十分钟，甚至更长。为了度过这一节课，我想了很多办法，有时闭上眼睛在心里默数，有时对着课本上的插图进行想象，我最喜欢的就是数自己的脉搏，让我真切地感受时间一分一秒地流逝。如果哪一天桌上突然落下来一只虫子或蚂蚁，我别提多高兴了，我把笔、尺子、橡皮横在它面前，看着它努力地翻越一个个障碍，只到下课铃声把我惊醒。

有一天，应该是某个春日，我的头脑里正一片恍惚，猛抬头，发现眼前玻璃上出现一片陌生的场景，一条小巷，旁边一排房子，一棵开满花的梧桐树，树下铺着一层落花，几个人悠闲地走在小巷中。

这是哪里？怎么从来没见过？

我一扭头，看到楼下校园外的小巷，正是我天天走过的地方，映到玻璃里，方向反了，才让我有了陌生感。陌生感带来的新鲜让我着迷与陶醉，我努力把它想成江南的一个小巷，我是一个看风景的人，眺看着它。小巷幽静深长，让我想到戴望舒的诗和《小城故事》那首歌……有时，不免又和熟悉的场景叠加了起来，就是天天走过的小巷嘛，那个房子下有个臭水沟，男人天天早上蹲在上面刷牙，就连那只倏忽一现的小花猫也见过很多次。它又变得乏味无聊了。于是，我摇摇脑袋，眯起眼睛，重新让玻璃中的场景与实际拉开距离……

不管文科理科，英语都是重要的课目，英语的败退导致我学习的全面溃败。

我上课开始变得吊儿郎当，不再认真听讲，甚至连作业也不做了。想到也就几年前，我是多么想做作业，特别那些我费了不少脑子做出来的难题，第二天，我会早早来到学校，早有人在等着了，他们都是被那道难题困住的人。看着他们抢夺我的作业本,我的虚荣心得到极大的满足。现在呢,每天的第一节课,我就躲在后面抄作业,如果小组长催着我交作业,我会红着脸让他等一节课。

我记得高中英语第一篇课文的开头是这样的:Long long ago,翻译过来就是"很久很久以前"。可以说,再没有哪句英语比这句更深入我的记忆了,每次当我满怀挫折再回到这个起头时,读它就像咀嚼一枚绿色的橄榄,带给我希望,现在我心里默念着它,心中百味杂陈,有沧桑,有酸楚,还让我回忆到少年的青涩。

是啊,Long long ago,我的英语课……

绩 溪 行

把废话进行到底

文联组织"金秋采风"活动,到胡总书记家乡绩溪接受党的传统教育。这样的采风,人人明白,不过是游山玩水。

去之前,小影写了一篇博客,把周围的人分成两种人,一种是整天讲废话她可以忍受的人,一种是整天讲废话她无法忍受的人。她把我们都归于她可以忍受的人,要求我们都在博客上留言。我是这样留言的:把废话进行到底。本来这是一句玩笑话,哪知,一语成谶。

开车的司机姓杨,像所有小车房的人一样,红光满面,讲话底气很足,但又让人觉得随便一根鱼刺就可以把他们戳破。杨师傅的车我第一次坐，也不熟悉，和他讲话时，我发觉他的眼睛闪着一层油光，还暗含着某种期待。我不知道他期待着什么。当车开上高速时，我终于明白了，他期待的是听众。

杨师傅话多，沿途的一座桥、一个湖、一家工厂，甚至一户人家，他都能絮絮叨叨讲上半天，因为他对皖南太熟悉了，话就分外地多。可以说他的话既不风趣又无见地，让人感觉就像一只苍蝇在耳边盘旋。特别是车走盘山公路时，大家的心都提到了嗓子眼。也许杨师傅要的就是这种效果，声音更加响亮。

整个行程下来，我们私下里给杨师傅取了不少外号：唐僧、苍蝇、小喇叭、收音机。

快到市里时，杨师傅问我们到哪下车，我们说想到他家去。我们是想看看他可怜的老婆。整天和话痨生活的人会是什么样子呢？在我们的想象里，一定是个萎靡不振、满面憔悴、手里拿着一只苍蝇拍的人吧。最后，迎兵展开小说家的本色，说，他的老婆也许是个更大的话痨，杨师傅每天回家都在忍受话语折磨，他就是因为在家不能说话，出来话才这么多。听了这话，我们面前的幻影突然一变，原来那个黄脸婆立马变为《功夫》里的出租婆，满头张扬飞舞的头发，嘴角叼着一支香烟，而杨师傅成了一只缩在墙角发抖的老鼠。

障山峡谷

这是一处还不广为人知的景点,加上去时不是休息日,除了我们一行,基本无外人,溪水声就显得格外地叮咚。前一天刚下过雨,小山云雾盘绕,煞是好看。杨师傅甚为我们遗憾,说如果天晴的话,可以看到对面的七个山头,人称七姑山。我们不要看七姑山,只要看云雾笼罩的小山。

山底溪水清澈,小鱼成群,叮咚作响,两边绵延的群山青翠可眼,上面雾气缭绕,与天相接;好朋友全在身边,还有比这更快乐的事吗?

峡谷出名还有一处,有一块石头侧看像极了晚年的毛主席。我们左看右看,伟人岿然不动。

听说两任国家领导人的祖籍都在皖南,毛主席的头像在这里出现也是有天意的。

真乃人杰地灵之地也。

初恋

晚上吃饭,老陶提议每个人都说说自己的初恋,并第一个说起了他的初恋。

老陶经历丰富,是当地的小小说写作高手,特别善于编造故事,本来一件极平淡的事情到了他的嘴里,就能说得极富感染力。他的初恋我已经听过不止一次了,这次说得更加传神,也更加迷人,如下:

　　他的初恋发生在军营,和一个女兵彼此爱慕,只是在心中,从来没表白过。军营纪律极严,分管那个女兵的营长更严,在男女问题上,简直和石头一样。一次,他和班上战友外出,看到她在站岗,就故意走在后面。之前,她已经到外地学习了两年,两人一直未见。他和她的这次相见,未免暗自激动,都强按着起伏的心潮,不过分叙一下军营生活。不巧,她的营长来了。她一把把他拉在她的身后,让他猫下身躲起来。

　　他躲在她的身后,闻到她身上的香味。那不过是一种劣质香水的味道。老陶说,多年以后,每当夜深人静的时候,他精神集中一处,就能闻到那种香味,常常泪流满面。

　　营长是来换她的岗的,最后看到了躲在她身后的老陶。拂袖而去。

　　当时营里也没有对她过多处罚,半年后,让她复员回乡了。本来她是可以留在军营当军官的。一场不成功的恋爱让她从一名军官变为一个农妇。

　　悲剧让初恋暗香浮动。多年以来,老陶都不能听那首《泉水叮咚》,听了,两眼就是泉眼了。

老陶的爱情故事把全桌的人都感动了,小影听得眼泪都下来了。

在大家情绪的感染下,老陶趁热打铁,又把他的初恋提前了,说了一件他十岁时的事,如下:

十岁,老陶班上调来一个漂亮的女生。这样的女生,每个在乡村或城镇成长起来的人都会遇到过。她们大部分来自上海,往往因为父母工作的原因才暂时寄读。她们打扮洋气,新衣服照亮了穷街陋巷,也照亮了无数男孩的童年。

老陶有幸和她同桌,关系还特别好。别的桌上都有三八线,就他们桌上没有。一天,那个女生突然上门来喊他玩,他窘得下不了床。因为家里穷,床上盖的都是破棉絮,他把床单扯过来把破棉絮罩上,可是还有一个破洞。他急中生智,一屁股坐在那个破洞上,就是不下床。她上来把他拉了下来,看到那个洞,笑了起来。那个笑,让老陶记了多少年啊。

一次,他和那个女生,还有一个同学到山上去,她被蛇咬了,毒蛇。他拉起她就往医院跑。后来医生说,来迟就没命了。

那天晚上,女生突然到他家,告诉他,她要转学了,明天就走。她送给他一个礼物,一个带橡皮的铅笔,这对他来说,太精美、太宝贵了。他没有礼物送给她,手在身上乱摸,突然摸到口袋里的一个纽扣。那也不是一个普通的纽扣,铜的,上面绘着一个五角星。这在那个玩具稀少的年代,这就是一件很难得的玩具了。

她站在他的面前说,你吻我一下吧。

他最后在她的鼻尖上吻了一下。鼻尖冰冷。他直到结婚以后才知道,女人的鼻子也是热的。

我怀疑最后这一节是老陶编的。不过,我们都听得津津有味。

老陶过后,还有几个人讲了自己的初恋,如老鼠过窝,一窝不如一窝了。我不得不说,如果初恋和失身是同时的,可以不用说了。

吃着农家饭,听着老陶的初恋,精神和物质都有了收获。感谢老陶啊。

灵机一动

当车子开出宾馆几百米,我突然喊停车,因为我发现身份证不在了,而昨晚还用它登记住宿的呢。

郭老师说你现在才想起来。原来昨晚我忘在大厅里,她收了起来,就准备让我急一急。

我说,亏了我灵机一动想了起来。

老陶说,都过了十几个小时了,你才灵机一动啊。

大家哈哈大笑,于是,灵机一动就在全车传了开去。谁讲话都要把这四个字带上,引得全车笑声不断。

比如:

我左手端起饭碗,灵机一动,右手拿起了筷子。

我站在厕所里,发现有人能看到我,灵机一动,又往里挪了挪。

那个女人长得很美,我灵机一动,又看了一眼。

那条狗朝我汪汪汪,我灵机一动,也朝它汪汪汪;那条狗也灵机一动,朝我汪汪汪汪汪汪汪。

……

我因为发明了一个词被大家这样引用,也感到其乐融融。最后,郭老师说,不准谁再说灵机一动,如果谁说了,我们灵机一动,就把他一个人丢在这里。

为了坚决让大家远离灵机一动,郭老师让每个人说个四字词,不拘成语。于是说的人如下:一干二净,南柯一梦,风雨交加,你来我往,猪狗不如……

郭老师让在四个词前加上我的新婚之夜,于是,效果如下:

我的新婚之夜一干二净。

我的新婚之夜南柯一梦。

我的新婚之夜风雨交加。

我的新婚之夜你来我往。

我的新婚之夜猪狗不如。

......

　　笑声差点把车顶掀翻,特别是讲猪狗不如的,他说,咦,我怎么会讲这个词的呢,真是灵机一动啊。

两　难

　　有句话说，人生总在选择中。即是选择，必然有取舍，两边肯定都有为难之处，选哪个都心有不甘，或都是错误。不选，又是不行的。

一

　　中国古代有许多友情的典故，比如管仲与鲍叔牙的管鲍之交、蔺相如与廉颇的刎颈之交，但也有一对以友爱始仇恨终的人被载入史册，成了遗憾，他们就是张耳和陈余。

　　生活在秦朝末年的两人，向有大志，虽相差十几岁，不妨结为至交。后来一起加入抗秦的义军，渐渐走到了政治舞台前沿，眼看着就要实现心中做大事的理想了，不承想，对他们友情的考验也来了。

巨鹿,中国历史上赫赫有名的地方,项羽在这里一战成名,金戈铁马的舞台,同样也成了私密友情闹别扭的舞台。张耳保着赵王被秦军团团包围在巨鹿城,朝不保夕,天天担惊受怕,急等援军解救。各国援军慑于秦军强大全作壁上观,陈余带着才招募的两万新兵也来了。此时,他出现了两难,是冲向秦军呢,还是坐等时机。冲向秦军,他知道,两万新兵无疑羊入虎口,坐等时机,或事后替好友报仇,就要忍耐。最后,他选择了坐等时机。

张耳无法接受陈余的这种选择,别人可以壁上观,我儿子也可以作壁上观,你陈余不行,我俩不是许过"不求同年同日生,但求同年同日死"的友情誓言吗?这个誓言是友情的卖身契,是友情的绳索,我俩是一根绳索上的蚂蚱,即使是死,你也应该冲上来,你现在这样做,就是对友情的背叛。这不是生死的事,是对友情忠不忠的事,你违反了契约啊。

最后的事,大家都知道了,项羽破釜沉舟一战,解了巨鹿之围,却没有解开张耳与陈余的友情之结,反而延续了他们的纠结。两人彻底由知己变成仇人,都欲置对方于死地。刘邦让陈余出兵反项羽,他提出唯一的条件就是让刘邦呈上张耳的人头,最后张耳帮助韩信灭了赵国,杀死了陈余。

如果两人只是普通朋友,也许会设身处地为对方想一想,理解对方的选择，宽容对方的所为，只因当初许得重，彼此在对方身上寄托了最美好、最珍贵的情感，所以才有了苛求，才有了不相容。

二

《一次别离》是伊朗的电影，男主人公叫纳德，找了一个保姆照顾痴呆的父亲，当他发现保姆没有尽心照顾父亲时，气愤地把她推出了门外，用力过猛，让保姆摔了一跤，结果保姆流产了。保姆把纳德告上法院，控告他谋杀。罪名成不成立有个条件，就是纳德事先知不知道保姆怀孕了。纳德说不知道，因为保姆事先并没告诉他，其实他内心是知道的，通过偷听保姆的讲话和别的细微表现。保姆坚持说他知道。

但纳德不能承认，如果承认了，他会坐牢，会失去一切。如果不承认，现实里的一切都可以保持。但我们别忘了，那是在伊朗，伊斯兰教义笼罩的国度，撒谎即是一件重罪，不要说内心的谴责了。

纳德的女儿才十一岁，她不能忍受父亲的欺瞒和撒谎，她责问父亲：您到底知不知道？她问这话时，觉得这是个简单的问题，不是吗？教育告诉我们，不能当个撒谎的人。但她不知道，谎言背后包含了太多的东西。她希望父亲做个坦诚的人。

面对女儿的责问，特别是女儿那双纯洁的眼睛，纳德妥协了，他不想污染女儿纯洁的心灵，特别不想让自己污染，他把难题抛给了女儿，让女儿替他做出选择。我记得电影中的这个镜头，纳德睁着一双眼睛看着女儿，说："你替我选择吧，我听你的。"那双眼睛坦然，饱含着对女儿的信任和爱。他准备接受女儿为他选择的命运，哪怕最差的命运，也不愿辜负女儿对父亲最初的美好期待。

女儿面临两难。当责难不再是表面的道德诘问，或公式化的随口表达时，她无法轻易开口。如果她坚持让父亲说出真相，父亲将面临十几年的牢狱之灾，而她以后的日子也必将肩负着这个重压，因为父亲的命运是她选择的。

父女目光相对，虽然没有第二句话，但两人的目光，传递出太多复杂的内容。女儿的目光先是责难，后是惊讶，再是挣扎，最后妥协。她不能再当一个简单的道德发问者了，她低垂双眼，闭紧嘴巴，选择了替父亲圆谎。

这部电影内涵丰富，但这个镜头让我难忘。

三

还是电影，冯小刚拍的《唐山大地震》，虽然名字起得有些牵强，讲的却是一个两难的事。地震中，姐弟被压在楼板下，只能救一人。母亲面临两难,救谁呢?

时间不允许她考虑太多,如不决定两人会一起遇难,最后一刻,母亲放弃了女儿救儿子。这是电影的起点,以后的故事都是这个起点的延续。女儿竟没有死,但她从此恨上了母亲,宁愿被当作孤儿被人收养,也不愿回归家庭。直到她长大,直到她为人母,才能明白当年母亲万不得已的选择。

做出那个选择后,母亲也垮了,她把自己当成一个罪人活着,拒绝世俗的欢乐是她自我救赎的方式,也是她惩罚自己的方式。她不接受爱情,宁愿守寡,不敢享受生活中一丁点快乐,哪怕那不是快乐,只能算休闲,比如打牌,比如畅快地大笑一次。每年清明节都在女儿墓前放上一套崭新的课本,想象女儿还在上学。当女儿回到家时,她跪在女儿面前,祈求女儿原谅。她有什么可被原谅的呢。

世间一举两得的事很少,让人两难的事很多。当两难出现时,生活就露出了它残酷不善的面目,两难就如剪刀,准备对你下手了。

歌者刘松

刘松是名人,名气有多大,有人说他介于省与国家之间。这是如何算出来的,我不知道。认识他的人恨不得他是国际名人,这样,自己的身价也无形中见涨。

名气,各有各的看法,有人说,刘松,我好朋友的儿子结婚,请你去唱个歌,你是名人,请你,我脸上有光。刘松呢,真去了,还自掏车费。可见,刘松倒没拿名气当回事。

搞艺术的人有个不好的毛病,喜欢往自己身上贴标签,搞文学的说文学选择了他,搞舞蹈的说我跳故我在,刘松不弄这些玄虚,听他的经历,会有些失望,甚至有误入歌坛之感。

刘松不是出身音乐世家,身边也无音乐大师的熏陶,爱上唱歌,纯属偶然。20世纪80年代,各个单位都开展蓬勃向上的文化活动,有艺术专长的上台露个脸,没艺术专长的把子女弄来鼓励一下。当时的刘松连鼓励都沾不上,纯粹是年轻闲得慌,上台玩一把。不想,他的命运就在这里转了一个弯,给他伴奏的老师说他嗓子好,如果学唱,会有出息。父母一听"出息"两字,好啊,那我们就奔着光明前程去吧。

刘松是个聪明人,任何一行,他一沾手,起点不会低。我怀疑如果当年哪个剧组找他跑个龙套,说不定,现在他已是大明星了,当然,如果一杂技团找他,那他现在兴许就是个拿大顶的。

起点高是好事,再想往前走,还得一步一步迈。接下来枯燥的基础练习,打破了一个毛头小伙子对唱歌的幻想,本以为学唱就像对着收音机练习一样,把音唱准了就行,既能在小伙伴面前显摆又能有个好出路,哪知整天就是咪咪咪、嘛嘛嘛的。这太让一颗年轻躁动的心受不了了。于是心就有些厌,想放弃。好在这时,父母没使出传统棍棒家教法,而是让他自己去想。要不说刘松聪明呢,一想就想透了:哪有天上掉馅饼的好事。想通这点,啥话也不说了,练吧。苦练两年后,想再提高,要找个高人指点。高人找到了,安师大一教授。高人听了他的唱,也没客气,迎面一盆冷水:唱法不对,嗓子没放下去。嗓子没放下去,咱改还不行吗。改? 说得容易,你两年都把嗓子唱定型了,改不了了。最后好求歹求,高人放了一条生路:回去再练声,就只发"呜"音,可千万别唱歌词,唱歌词你就废了。就是现在你遇着刘松,他有时嘴里还在呜着,像闹牙疼一样。

"呜"了两年,终于考上了安徽大学音乐系声乐专业,算是把音乐这个门敲开了。毕业那年,正赶上马钢文工团成立,就招来了。工作稳定,还不错,按道理可以歇口气了吧,他不,好歹还明白着"艺术如逆水行舟"的理,逮着机会就练声。终于,火候到了,隐形的翅膀扑啦啦抖开,参加各种比赛,不停获奖,成了获奖专业户。连续五年冶金行业金奖,比得别的企业歌手都要哭了:刘老师,您怎么又来了。

我估计音乐对神经有按摩作用,唱歌的人都单纯。刘松唱得多,更显单纯。单纯的人都有些共同点,比如记不住数字,容易忘事,碰到把知识当文化的人,就没辙。这些刘松都有。当年上青歌赛,嗓子一亮,专业分很高,到文化问答听辨这环节,问他个侗族大歌,没听过。没听过就没听过呗,还反问评委侗族是住在哪。结果评委答得也不准确。这样看来,他也算去做了一下文化普及。有次,他喊早年和他一起出道的人参加一个活动,对方说,刘老师,我的出场费已经五万了。他捧着电话愣了半天:啊,你都是有行情的人了!

刘松不是有行情的人,他是有性情的人。那年刘松开独唱音乐会,我前排坐一老头,腰板挺得直直的,自始到终,既不拍巴掌也不喝彩,位置还那么好,关系票吧。后来才知道,是他的父亲。那个身板,没有深厚的父爱还真挺不起来。如果你细心的话,发现刘松唱《父亲》《母亲》这些歌时,感情表现特细腻。每次听他唱,我的面前都立着那个直直的背影。

刘松曾唱过一个广告歌,为一酒厂唱的。省内一前辈写这首歌时,脑子里都是他的声音,专为他量身打造。唱时啥报酬也没有。电视天天播放,弄得人家酒厂不好意思,后来听说他开音乐会,送了十万元赞助费。

古人说,放歌须纵酒。性情中人,大都好酒。刘松喝酒爽快,又不好意思拒绝别人敬酒,本来酒量不大,却给人感觉量很高。和他喝过酒的人,都巴望再次在酒桌见到他,不图别的,就图和他喝酒时的轻松快乐。不管你是揣着离愁来的,还是怀着别恨来的,和他一碰杯,立马感到生活还是美好的。酒到兴头,免不了即兴演唱。甫一亮嗓子,没有不被惊倒的。以前电视上听到那些歌,并不觉得多好听,甚至觉得唱的人在端架子,再听他一唱,声音清冽,甘甜纯净,对那些对音乐审美只停留在流行歌曲的人来说,感觉只是用耳听已不过瘾,还得用舌头品味才行。一朋友说,过两天就想听刘松唱一嗓子,问他为什么,他说,不行,这几天过着花天酒地的生活,要听他的歌净化一下心灵,提高一下审美。

有一年我到北京,遇一艺术圈的人,为显示我们马钢也有名人,就推出了刘松。他说,不会吧,青歌赛进入前十的人,就是在北京也能混出相当的名声。但,刘松就是意外之人。当年,北京有些文艺团体是主动邀请他加入呢,但他没这个野心,他享受的就是艺术的情趣。话说回来,如果你让他去参加公益演出,他是来者不拒。中央台"心连心"艺术团义演,他参加过,区里张罗的活动,邀请他,也不在话下。近来,他和三个志同道合的朋友组成乐者"3+1",演绎经典名曲,用一句公文话概括:极大地丰富了听众的文化生活。

我也认识一些艺术爱好者,我看,刘松最具有德艺双馨的潜质。这里,"德艺双馨"绝对是褒义词。

现在,如有人向刘松请教如何唱歌,他总是这样说:把嗓子放下去,放下去……

阅读啊阅读

像我这个年龄喜欢看书是情理之中的事，不喜欢看书反倒让人惊讶。倒不是说阅读能带来什么好处，实在是生活太无聊，又没啥打发时间的，除了看书，别无选择。如果放在现在，我估计也会沉湎在游戏里。

小时候在农村，上厕所都用土瘩疙，哪里见到纸，更不用说书了。记得有一天，一个高年级的人拿了一本《西游记》小人书，黑压压的一片人头挤在上面。我也想挤进去，就想看看腾云驾雾是什么样子，只怨头太嫩，硬是被顶了回来。

我每次听到拨浪鼓一响，就从屋里冲出来，围着货郎小担子里几本小人书不停地咽唾沫。后来和两个小伙伴一合计，决定每人凑几分钱，合伙买本小人书。为了公平，每人保管五天。我们当然要买打仗的，这样看着热闹。那时只有古装小人书卖,我们说的打仗,就是古人的打仗。选来选去,选了一本《战成都》,封面是张飞和马超在挑灯夜战,我们想这肯定是打仗无疑了。结果大失所望,拿到手里,整本都是那个叫孔明的拿着扇子在说话,只在最后几页才看到张飞和马超在打仗。我记得,最后三个小伙伴还因这本书闹得不愉快。书不见了,不知道最后是在谁手里丢的。

等我到了城里,初一时,到一位同学家玩,看到他家许多童话书,什么《365夜》《格林童话》,羡慕得不得了,难得的是他还很大方,同意借给我看。讲来有些难为情,现在还没上学的小孩就能看到的那些童话书,我到初中才读到,还看得津津有味。每次看到一些成功人士或文化人说如何早慧,十岁前就看完四大名著,背了多少古文,我又失落又自惭。我的文化启蒙实在太晚了。

后来初中、高中,也还是没有书看。记得那时书店刚实行开架售书,我就到书店蹭书看,冒充买书人在里面看很久,最后一本书也不买。时间长了,售货员就识破了我的诡计,有时见我捧一本书刚看几页,就大声说,买书的快买,不买的把书放架子上。每次,我都红着脸,把书放回书架上,低着头出来。其实这也不能怪售货员,我就见到学校小混混,把从书店偷来的书带到学校炫耀。看着那些新书被他们乱撕乱扔,心里又惋惜又心疼。

怎么弄到书看,这是少年时苦恼我的事。我甚至想过卖血,用卖血的钱买几本心爱的书。当然,只是一闪念而已。家里没有给孩子零花钱的习惯,唯一得到的钱,就是过年时已上班的哥哥给的很少的压岁钱。第一次用压岁钱买的书,叫《文学词典》。此书先是在一同学那里看到,其中收有世界著名作家和主要作品简介,每个介绍一两百字,共有四百多页,觉得真是内容丰富。加上是硬皮封面,更让我感到厚重。这书现在还放在我的书橱里,已经发黄变脆,纸页吹弹可破,不过一本带有阶级眼光的文学知识选本。想当年,我曾反复翻看,把文学知识当作文学在学习。这本书影响了我以后很长一段时间的阅读,那就是看书只认名著。

　　记得一次,离过年还有几天,我央求哥哥能不能提前把压岁钱给我。他竟答应了。当时天就要黑了,我骑上自行车就往湖东路一家书店蹬去,我早就看中了一本《唐宋词鉴赏辞典》。当时正是下班高峰,我担心书店关门,只顾埋头猛蹬,结果和一辆自行车撞在一起,手也被对方车把撞破了,鲜血真流。明明对方是逆行,看我是个学生,反把我一顿训斥。我也感觉不到手痛,又向书店猛骑,等看到书店的门还开着,才长出了一口气。这时才发现手黏糊糊的,原来血流得太多,又经过冷风一吹,血把手指都糊住了。那本书又厚又高,还套着精美的封套,最后,我把它放在怀里,用干净的手在夹克外套前托着,把它带回了家。

寒假里，几乎每天早上，睡足了觉的我，懒在床上不起来，穿上棉袄靠着床翻看这本书。词中闺妇的幽怨和文人的忧伤笼罩了我整个寒假，就是现在，每当我心里涌起感伤时，皮肤上还不自觉地泛起一阵寒冷。

那些艳词闺思暗暗契合了一个少年的多愁善感，也与性格柔弱的我相合，什么"江上柳如烟，雁飞残月天""无可奈何花落去，似曾相识燕归来"，这些离愁别绪，在我脑海里都幻化出别样美好，显得古典又浪漫。

每个喜欢看书的人，都有一段阅读旺盛期，对抓到手的每本书贪婪地汲取，那个时期真可以说是博览群书。我的阅读旺盛期应该是在高中毕业后。因为英语原因，我放弃了考大学，选择了上技校。大家都知道，技校毕业出来就是当工人，对课程要求不是很紧，根本没有考试的压力，一年后也就到工厂实习了，有的是大块可支配的时间。

前面说过，因为《文学词典》的影响，我的心中已经存有了一张世界名著书单，就等着时机成熟，按图索骥了。此时，我已有了借书证，不愁找不到书看。每次看完书，我还要看看书价，如果书价很高，就觉得凭空赚了几十块钱，心里美得不行。天下没有比看书更划算的事了，既赚了钱，精神上还得了收获，这才是物质和精神双丰收啊。

我读得最多的是现代文学名著,也就是被称作批判现实主义小说,其中以法国和俄国的为多。特别喜欢看超长篇小说,最好是多卷本,中意的,还要读两到三遍。那些书在我看来就是一座座高山,我急需这些长卷式的图景充实空白的人生,至于那些单本和短篇,在我眼里就是不起眼的山丘和土包,我没有兴趣去征服。看那些超长篇小说,也给我留下了极难忘的景象。

　　读技校时,我得了皮疹,不能见风受寒,只能窝在家里。《约翰·克利斯朵夫》就是那时开始看的。一翻开就舍不得放下了。那时的我,心智渐开,而生活的经验基本为零,理想满怀,整日想的不是英雄主义,就是少年维特的忧伤,正与此书所张扬的理想主义和人生奋斗不谋而合,大有相见恨晚之感。与此书的相遇,早了不行,懵懂少年会厌于书中说教,迟了不行,圆滑人生经验会不屑这些空洞道理。

　　"真正的光明绝不是没有黑暗的时间,只是永不被黑暗所掩蔽罢了。真正的英雄绝不是永没有卑下的情操,只是永不被卑下的情操所屈服罢了。"

　　这样的话,就像一道道闪电,从天而降,劈开混沌的心智。看这书时我还纳闷,为什么这么好的书,很少听人提起呢。那时的我,并不知道,二十几年前,此书曾在全国引起巨大的波澜,举国上下的青年学子都参与到这本书的讨论中,成为一代人的共同记忆,此时的沉寂,是过度消费后的疲惫。

四卷本的《约翰·克利斯朵夫》我前后读了三遍,每次读到最后一段时,都忍不住流下热泪:

"克利斯朵夫渡过了河。他在逆流中走了整整一夜……左肩上扛着一个娇弱而沉重的孩子……他的脊骨也屈曲了。那些看着他出发的人都说他渡不过的。他们长时间地嘲弄他,笑他。随后,黑夜来了。他们厌倦了。此刻克利斯朵夫已经走得那么远,再也听不到留在岸上的人的叫喊……快要倒下来的克利斯朵夫终于到了彼岸,于是他对孩子说:'咱们到了!唉,你多重啊!孩子,你究竟是谁呢?'孩子回答说:'我是即将来到的日子。'"

"我是即将到来的日子!"这句话像一个图标,深深按入一代人的记忆中。作家方方说,年轻时,她能把这段一字不漏地背下来,并满含热泪。

那时我二十岁不到,我的未来是可期盼的,因为夹杂着多愁善感,更值得期盼。

记得最后一次看完此书时,压制不住内心的激荡,连夜写了一篇散文,竟达万字。不过是主人公克利斯朵夫一生经验的复述,以为是每个人的一生精神历程。写时激情满怀,自己仿佛是个历经沧桑的老人,站在山顶俯瞰世间,述说世事的真谛。同时,心里还怀有某种奢望,认为此篇文章发表后,会引起注意,甚至轰动。因为在我看来,杂志上登的散文都是儿女情怀,婆婆妈妈,既不大气又没境界,更不要说思想了。我这篇文章无疑横空出世,会一扫沉闷和小家子气。

当初的想法,现在想来,都要脸红。那篇文章,不过青春期的我对一无所知人生的图解,充满概念和形而上的空洞说教,和人生,和世事,隔着十万八千里。那晚,我趴在一张小圆桌上,冬夜里,孤灯下,奋笔疾书。天快亮时,我写满了三十多页稿纸。此时的我,毫无睡意,决定下楼去跑步。

马路上空无一人,冬日的寒冷暗暗切合我的思绪:庸俗沉闷的世事是寒冷的,唯有才华和充满激情的精神生活才是有热度的。我看着东边升起的黄色太阳,心里充满热乎乎的希望。

青春期的矫情,一去不复还了。

作者罗曼·罗兰是法国人,凭借此书获诺贝尔文学奖,但这本书在法国,并不受青睐。后现代思潮的涌起,各种试验文本的风起云涌,让《约翰·克利斯朵夫》成了一件过时货,它越是盛装,就越是显得可笑。它不像别的经典名著,过一段时间总能被另一个大师读出新意,它是被所有人冷落了,这对一本名著来说,没有比这更难堪的了。谁要是提起它,就显得文学修养不高,欣赏趣味狭窄。

教育部向学生推荐了几十本课外阅读书目,说是利于成长。我觉得应该把《约翰·克利斯朵夫》列入,虽然它文学性有待商榷,但它传递的人生奋斗和自强不息的精神,我还没看到哪本书比它更有力量。

《母与子》是罗曼·罗兰另一部长篇,又是厚厚的三大卷,正合我意。如果说《约翰·克利斯朵夫》是夹叙夹议的话,那《母与子》是只议不叙。好在那时我正年轻力壮,精神需求旺盛,倒也看得如痴如醉。要是放现在,恐怕第一页都难看下去。

《约翰·克利斯朵夫》是傅雷翻译的,听说还翻译了两遍。想想吧,四大卷啊。对大师崇敬到这样的人,必定也有过人之处。赶紧又把一大排《傅雷译文集》看完。

罗曼·罗兰最推崇列夫·托尔斯泰了,那我还不快点追着前人的脚步赶上去?

《战争与和平》在我没看之前,就被它的声望吓住了,对这本被称作世界第一的小说,我唯恐不够虔诚。这本书开头并没有把我抓住,但我看书有韧性,不喜欢的可以硬着头皮看下去,许多名著就是在这种韧性里拿下的。

书中两个主人公安德烈和皮埃尔的性格,可说是人的两面性,安德烈的英雄情怀,皮埃尔的随世安乐,仿佛并存于每一个男人身上。那时,我更欣赏安德烈一些。

安德烈看到溃败的俄军,感到羞耻和愤怒,抓起军旗向法军冲去:"弟兄们,前进!"看这一章时,我正在工厂上大夜班,昏暗的灯光下,同事们正在玩扑克牌,为了掩饰感动,我把书盖在脸上,也是泪水长流。

我想,如果是我,也会像安德烈那样冲上去的吧。众人的懦弱胆小简直是对英雄情怀的侮辱,安德烈只能用这种孤身扑火来维护自己内心的理想主义。

虽然好书的标准很多,但我一直认为,能让我流泪的书,我便会认为是好书。不过,现在,我对自己的眼泪越来越不相信了,有时,看到庸俗电视剧中一个煽情的片段,我也会流下眼泪,明知那是个肤浅的场景。

人们常用历史长卷来形容《战争与和平》,确实,书中描写的场景太多了,年轻的我记住的只有爱情。那时我心中有个疑问,娜塔莎和安德烈之间的爱情,为什么经不得一个花花公子的引诱? 对爱情这样不忠贞的她,还值得去爱吗? 现在明白,好像只有这样的姑娘才值得去爱吧:因为单纯,而无视脏污。

慑于威名,《战争与和平》我读了两遍。马尔克斯说,我承认《战争与和平》是部伟大的小说,但对我并没有影响。瞧,人家说得多好。看到这句话,我才从这部名著的阴影下从容走出。这部名著留给我的还有一个记忆,读了一夜,脚踝处被蚊子叮咬得尽是红包,因为穿了袜子,那些红包又小又密,围绕脚踝一圈,就像套着脚环。

《战争与和平》虽被称为世上最伟大的小说,我感觉还过于概念化,结构疏阔,倒认为托翁的《安娜·卡列尼娜》更要精细感性,这似乎印证了托翁留下的创作佳话:本想把安娜写成坏女人,最后却写成了一个道德不能评价好坏却引人同情的女人。《安娜·卡列尼娜》的细密,我只在另一本书里见过,那就是《红楼梦》。有一阵,《安娜·卡列尼娜》就放在我床头,随时拿起就读,翻到哪里就读哪里,情节我已经了然于胸,要的就是阅读时美妙的感受。

有段时间特别迷恋托翁,既敬佩他的文学才能,又被他的宗教信仰所吸引。托翁就像一个巨大的磁场,靠近他的人很少不被他笼罩,最后匍匐在他带着宗教烙印的哲学观下,想在精神的高度战胜他是不可能的,只有远离,才能脱身。

在我经济情况不是很好时,唯一见到就买的书,就是托翁的了。

伟大的人物在历史上都是成群出现的,托翁是伟大的,能和他一较短长的,同时期还有一位文学巨匠——陀思妥耶夫斯基。他书中的人物,病态、敏感,让人厌恶又被深深吸引。看《罪与惩》时,我也正发着低烧,拉斯柯尔尼科夫发烧后的心理我感同身受。书放下后,夜已深,却久久不能入睡,脑子迷迷糊糊,浅睡中也不知我是我,还是拉斯柯尔尼科夫。睡不着,索性起来,站在阳台上,我仰望着天空上的圆月。月光清亮,天上一丝云也没有,远处的雨山沐浴在月光里,朦胧、清幽,完全不顾失眠人的心思。书中的世界是那么邈远。

陀思妥耶夫斯基的另一部长篇《白痴》,太特别了,竟然全篇都是对话,这也太牛了,但我并没有看完。至今还觉得,没看完的《白痴》,就像一场突然静止的宴会,画面上有盛装的贵族,托着酒盘的侍从,缭绕的热气,角落里蜷缩着一个人,惊恐地望着这一切。

后来听人说,陀思妥耶夫斯基写的《卡拉玛佐夫兄弟》才是经典之作,从网上购来,只翻了几十页就搁下了。陀翁的作品犹如群山,只有读完才能感受到雄伟和壮阔,已过阅读旺盛期的我,已经没有攀登山顶的体力和热情了,只能欣赏路边即行即遇的小景。

作者分出书中好人和坏人,我们在好人身上洒下眼泪,对坏人充满憎恶,这是我多年阅读习惯。当我面对《静静的顿河》时,发现这个方法不行了。格里高利是好人还是坏人呢?他参加过红军,杀害过红军,参加过白军,杀害过白军,他身份的变幻让我迷糊。面对《静静的顿河》,我以往读书时的认知混沌一片。我很想把格里高利当好人看待,可他政治立场不坚定,多年受的教育告诉我们,人必须要有正确坚定的政治立场,在他身上,我无法寄托爱憎了。

巴尔扎克有个写作雄心,要写一百部反映现实生活的力作,阅读上我也有个雄心,要看完所有的超长篇小说。巴尔扎克没有实现壮志,我也同样没有。我在外国名著里游荡了一圈，终于被"噎"住了。我清楚地记得，我是在《德伯家的苔丝》书上被"噎"住的。不知是因为审美疲劳，还是阅读疲劳，《德伯家的苔丝》在我手上硬是停了半年，几次努力都没有看完。以致后来朋友说《德伯家的苔丝》是一本很优秀的书时，我深深感到有愧于哈代。

如果阅读不带有难度，只在一个平面上滑行，收获终究有限。

1994年，我到黄山参加一个笔会，接触了别的写作者，让我惊讶的是，他们根本不谈我看过的这些书，他们谈的都是先锋文学和后现代主义，这是我从来没有听说过的。和他们比起来，我年纪不大，却思想保守，眼界狭窄。回来后，我就刻意找一些这方面的书来读，说心里话，读得很吃力。

福克纳的《喧哗与骚动》没有留下一点印象。在经典面前，如果我的心灵没有触动，往往归结于自己的迟钝和愚笨。有一位事业成功的残疾姑娘，她说看福克纳的中篇《我弥留之即》时，为其中人物悲痛的命运泪流满面，我深感羞愧，人家一个姑娘，都能领略书中含义，而我好歹还算个喜爱写作的人，面对此篇，竟然无动于衷，可见心智不高。卡夫卡的作品也是，不能完全被打动，倒是他的书信，看得津津有味。当然，现在看《变形记》《流放地》已觉得美妙无比了。

讲起对现代主义作品的阅读，就不能不提到《追忆似水年华》。别的多卷本长篇，如果比喻为群山的话，这本书就是群山中的珠穆朗玛峰。全书共七卷，我买的是三卷本的，字极小。对这部充满阴柔的小说巨著，作者显示了一种超乎常人的坚韧和耐心，特别是作者真正是个弱不禁风的人，给这部巨著更增添了一份诡秘。对于读者，同样也需要这样的考验。

在读这部小说时，我一个人住在城郊的一间平房里。那是掩藏在工厂区内的一片老式平房，房前屋后种着法国梧桐树，两边的树枝在空中相连，把整个平房都盖住了。那时我还在工厂倒班，对于一个年轻人来说，倒班就有着大块可支配的时间。我在那里从冬住到春，每天一下班就骑着自行车回到那个平房，把门一关，就走进了普鲁斯特的那间密不透风的房间里。

看书的人都把阅读《追忆似水年华》当作一个挑战，把能看完此书当作一个荣耀和成绩，我周围认识的人，还没有谁看完过这本书。比较而言，我只看了三分之二，已经算多的了。出于虚荣心，我曾经对人说，我看完过此书。

我把自己关在房间里，就和这本书较上了劲。字太小，密密麻麻，有时四五个小时只能读四五十页，而四五十页的内容有时只是对一个宴会的描述。当暮色四合，我从书中抬起头来，听到门外现实中的人声时，我需静坐一会，才能适应时空交错带来的恍惚。书中的长句子总是让我想到"九曲十八弯"这个词。

无数个夜晚,下小夜班的我,骑车穿行在昏黄的路灯下,身边慢慢滑过的火车和轰轰作响的厂区,觉得离自己很远。当接近平房,车子拐进小巷,明亮的月光照得路面发白,梧桐树影紧贴在地面,或者踩着脚下咯吱作响的雪。吱——我打开门,拧亮台灯,那本套着白色封面的书就出现在眼前。我的心开始放松安定下来。

夏天到来时,我又搬回家住了,《追忆似水年华》的阅读就永远停在了《女囚》那一章。在书橱一排书中,这三本书的书脊最脏,那时我还想,等以后有时间再看吧,对还年轻的我来说,时间不是有的是吗?这种想法,已经不是出于阅读的快乐,更基于一项工程的结束。但我知道,对此书的阅读也许永远就停留在《女囚》上了,阅读此书不仅需要兴趣,更需要体力,而我就像一个登山者,《女囚》就是我阅读的极限,已经无力更向前迈步了。

有人曾这样评价《追忆似水年华》:作者用这种方法告诉我们,还可以这样写小说,知道也就行了。言下之意,把此小说的意义归结为意志和耐力的考验。对此书的文学价值,众说纷纭,但这句评语我觉得用在阅读上倒恰如其分:还可以这样读小说,知道也就行了。

《尤里西斯》和《追忆似水年华》被称为现代主义文学的双塔,我也曾试着翻看《尤里西斯》,实在没有兴趣读下去。没有读下去,也许是被这本书权威评价压倒了。我是个容易屈服权威的人,面对经典,我有的只是拜服,丝毫不敢有不敬和挑剔。其实这并不是好的读书态度,名著那么多,不可能每一本都契合你,经常见到著名作家评价另一本名著时,说:"从没见过写得这么糟糕的书。"可见,名著间,本身就有各自的特色,不可能本本都对心。木心在《文学回忆录》里对各国名著快意评说,也许他的观点未必好,但这种敢于俯视名著的姿态,是值得每一个读者模仿的,这样才能做到书为我用。

《查拉斯图拉》是尼采的一本散文集,我读它时还在上学,人为把它神圣化,书中每一句话都当作微言大义,想搞清话后的所指、隐喻,弄得自己苦不堪言,身心俱疲。现在翻来,不过平常的话嘛。

在外国书上兜兜转转了一圈,审美开始疲劳,阅读的潮水开始消退,心下感叹:为什么好书都在外国,国内的文学太让人失望了。

直到遇到《红楼梦》。

《红楼梦》上学时读过,只当作爱情小说读了,再次翻开,如推开了一座花园的门,眼前尽是锦绣美景。真舍不得多读啊,每天只读一回,有时忍不住看上两回,已算奢侈。

由《红楼梦》开始,我踏上了读中国书的行程,赶赴另一场盛宴。

除了四大名著,国内属于大部头的书不多,但《离骚》《西厢记》《浮生六记》《道德经》等名篇都被我一读再读,它们有着外国名著所不具有的文辞美,读时让人赏心悦目。

那时的我,很少出门,整天窝在家里读书,每天眼一睁,就开始捧起书开读,只到晚上闭眼,可谓手不释卷。同时,在我心里,读书还有着自己的讲究,那就是需有端正的态度。

啥叫端正的态度呢,就是读书不能有轻慢心,不能随意躺着、歪着,要坐直了,腰杆挺得笔直,就差焚香沐浴了。这样长久下来,很快就出现了不好结果:腰开始疼痛,并越来越难以忍受。不能长久保持一种姿势,有时睡到半夜会疼醒。我想完了,肾出了问题。

我这人有个缺点,有时自以为是,就是常人说的有点拧、一根筋。后背疼就自以为肾出现了问题。忐忑不安到了医院,挂号内科,一在医生前坐定,就说,医生,我的肾坏了。医生问你怎么知道肾坏了。我肯定地说,腰疼嘛,睡到半夜都会疼醒。医生说那也不一定就是肾出问题,先化验一下小便再说。

化验完小便,医生拿着化验单说,你的肾根本没问题,你到骨科去看吧。我的心里轻松了,兴冲冲地来到骨科,医生用手在我后面捏了两个,说,腰肌劳损。随后给我开了一瓶正红花油。

正红花油的气味伴随了我一段阅读时光,后来,游泳彻底治好了我的腰肌劳损。

　　现在的我，越来越难以完整地看完一本书了，这让我心里掠过一丝慌乱。以前，面对一本好书，心如鹿撞，净手整衣。个人渺小而冥顽，世界阔大而神秘，眼前的这本书，就是连接二者的钥匙，轻轻一转，二者就融为一体。哪怕是本不尽如人意的书，总能坚持着把它读完，总不能相信作者会写得这么差，还期望在最后几页作者会有出人意料的东西。我这个笨拙的阅读态度被一位兄长称为善良的阅读，不过，我正是抱着这样的想法，翻越了一座又一座书山。现在呢，开篇十几页不能吸引我，我就会把书扔到一边，哪怕是买来的书。当年我曾有过心愿，把《鲁迅全集》《卡夫卡全集》读完，看来，这个心愿是完成不了了。

　　以前看到杂志或别人推荐的书，都急切地找来拜读，读后难免失望，次数多了，就不再相信什么"新书快递"了，但每次见到那些推荐的书，总感觉她们用含忧带愁的眼神，幽怨地望着我，似在埋怨我的寡情无义。

　　其实，每个人都有自己的阅读史，这些私密的感受是自己成长的一部分，本不应写出来与人分享。我写出这些，反而有些难为情，心里，我倒暗暗羡慕那些很少阅读的人。有些写作者，他们似乎并不把阅读放在心上，甚至认为阅读只是智力中等的人才努力为之的事。他们虽然读书很少,但总有几本在生命中烙下深印,影响到他们的为人和写作。相比之下,我一味贪多不化,是不是违背了读书的初衷,为了读而读,读的那些书都成了智慧脂肪,堵塞了心智,萎缩了性灵。

再见，江湖

　　我是在刚上初中时，与武打小说迎面相撞的。和国内多数人一样，这个让人目眩神迷的世界首先由《射雕英雄传》打开。

　　之前，谁见过那个阵势啊，人不仅可以在树上飞，划过的剑还带着一道光芒，手指一点，人就动不了。以前看过的《霍元甲》《陈真》太小儿科了，还得靠看得见的招式分胜负。

　　正当我为"江南七怪"奇异的武功倾倒时，一个同学斜眼看着我说，那算什么，厉害的在后面呢。我那同学，龅牙外露，鼻涕糊拉，一脸瞧我不起。

　　什么，还有比他们厉害的？那得是什么样。于是，一下课，这个同学在前面跑，我们男生在后面追。他边跑边喊"干什么干什么"，好像我们要非礼他。待跑到校体育馆边，我们把他包围了，脸上露出渴望乞求，让他讲更厉害的。男同学个子很矮,本是个不被注意的人,在班上常被欺负,就因为他在租书摊早就看过这本书,一下子吃香了。不管学习好的,还是混得好的,都巴结他,听他讲更厉害的人厉害在哪里。

"江南七怪"有什么狠的,连梅超风都打不过,梅超风厉害吧,她师傅还没出来呢,那才叫厉害。还有比她师傅更厉害的呢,叫南帝,离你老远的,手指朝你一点,你就不能动了,那叫一阳指……

梅超风我们是看到的,一下就能在人脑袋上抓五个洞,她还有师傅,竟然还有比她师傅更狠的。他的话挠得我们心痒难熬。

后来,我也到租书摊租武打书看了。那些书都乌黑油亮,书页翻卷,也不知被多少人翻过。它们像黑色的旋涡,一下就把我吞没了。吞没的是两个眼珠,我的神魂却整天飘在半空下不来。每次面对新借来的书,就像面对一扇门,知道,只要推开它,里面就是刀光剑影、爱恨情仇的江湖。

不仅我,许多人被武打书迷得昏天黑地,上课包着书本皮躲着老师看,晚上躲被窝里打着手电筒看,我虽没被搞成"行尸走肉",也已茶饭不思。情节曲折那是不用说了,就连细部和小枝节也那么出人意表,让人回味无尽。就拿武功来说吧,什么六脉神剑、落英神剑掌、凌波微步,听着都让人遐想;人名也是个亮点,东方不败、任我行、独孤求败。还有中间夹杂的佛教、道教等中国文化,用一句形容高手的话来说,真是深不可测。

喜读武打书的人遇到一起,大起知己之感,好像对上了暗号,心中还隐然有,凡是喜欢武打书的,都是讲义气的,不爱读的就不是性情中人。

地振高冈,一派溪山千古秀;
门朝大海,三河河水万年流。

走在大街,恨不能都来上这一句。如果一个女的,也爱读武打书,那简直有意外惊喜,不说立马引为红颜知己,起码对她也高看一等,几可用那句广告词形容她:既有温柔的一面,又有豪爽的一面。

有时,"金迷"们遇到一起,还有一番"华山论剑",看谁对武打书看得深、吃得透。能一口报出金庸书名对联的那是初级水平,把金大侠书中武功排个名次那才是水平高;你看《天龙八部》两遍,我看了五遍;降龙十八掌都在哪本书出现过……

书中大侠神功练成了,我的近视眼也练成了。我敢说,那时太多人的近视和武打书有关。

除了情节曲折出人意料外,武打书吸引我的还有另一个原因,就是主人公早年都受过磨难、冤屈,遭人误解,被人欺凌,最后却都扬眉吐气,练就惊人神功,做了人上之人。狄云、杨过、令狐冲、张无忌,无一不是。现实的我懦弱卑怯,更不被人重视,他们的经历对我也是一种心理的补偿吧。我特别喜欢看令狐冲神功练成后,化装成一个军官帮助恒山派女尼那一章,有种笑中带泪的辛酸与畅快。

我不仅看,还写起来了武打小说。讲起来难为情,我的第一篇小说练笔就是武打小说。故事内容是这样的:

一个忠良被奸臣陷害,全族只有一个男孩侥幸逃出,被一位辞官不做的大臣收留。不用说,那位隐居的大臣有个漂亮的女儿,与男孩年岁相当。几年后,消息泄漏,奸臣要斩草除根,派人追杀到此。大臣拼死挡住官兵鹰犬,两个少年逃出虎口,后拜师学艺,艺成下山,终于除去奸臣得报大仇。

故事老套,我也没有写完。那些年,地摊杂志上登的都是这样的武打小说,每一个青年都被撩拨得血气上涌,身在尘世,心在江湖。

比我大的哥哥一辈,更是迷得厉害,买来《武林》这样的杂志,按着上面画的图,一招一式练了起来。晚上,聚在一处,天棚上吊一个大电灯,眼前摊开一本《武林》,几个人光着膀子开始练起武来,时不时嘴里还发出"嘿啊嗨"的喊声。

见得人多了,我发现面对武打书,人分成了两种:喜欢的和不喜欢的。不管哪种人里都有自我标榜的,拿现在话说,就是贴标签的。有些人爱读武打书，总有些羞羞答答，藏着掖着，觉得武打书是上不得台面的消遣读物，营养不大，怕别人知道了说他玩物丧志，没大出息。另一些人完全相反，逢人必津津乐道，你们不是看不起武打书吗，认为俗吗？我却是能欣赏大俗的人，并在这大俗中看出与众不同的大雅来。你以为我只是看那些打打杀杀吗？我看到的可是中国文化。这不是无聊的问题，是审美观高下的问题，这个，你们那些自认为脱俗的人，懂吗？不喜欢的人呢，中间也有一些人，一听谁谁喜欢读武打书，心里立马把他打入另册，道不同不相谋，沉迷这种弱智的成人童话，这不仅是品位的问题，还是智商高下的问题。

待把金大侠所写的全部武打小说看完，我心里不免怅然若失。像一个孩童面对空空的糖果盒，舌尖分明还留有回味，实难想象以后再也品尝不到那香甜的味道了。也曾去找别的武打小说来读，到底中"金毒"太深，对别的武打书有了排斥。古龙写的《楚留香传奇》《风云第一刀》还能看得进去，和金大侠比，古龙的书，情节更紧凑，往往出人意表，看得多了，又觉得只是那几板斧，没啥新意。他还有一个特点，就是敢死人，刚刚出来一个狠角色，还没走上两遭，完了，不像金大侠，非要把戏做足了，不到最后大结局，再坏的人不让死；梁羽生柔情多于侠骨，少了一份江湖气；温瑞安架子端得挺大，只吓倒了自己。都没有读金庸的酣畅淋漓。至于黄易，更上不得台面，《寻秦记》

就是一个猥琐人的意淫之作。想到以后再也没有让我如痴如醉的武打书可看,顿觉人生索然寡味,少了一大快乐。想来独孤求败站立山巅,茫然四顾,为找不到一个对手时的萧索心情也当如是。

一次,我对一个朋友说,真羡慕你啊,一本金庸的武打小说都没看过。听得他眼睛直翻,因为他一直是以有思想自居的,而我却喜欢和他抬杠。我不佩服他的哲学观点,只佩服他这个,在他看来,我这种人一定中毒太深,无可救药。

没有办法,只能再把金大侠的书回看一遍,好在他老人家能写,有十几本,本本又都是大部头。隔得时间长,难免也有点生疏。疏离感带来新鲜感。这种感觉就像吃红烧肉一样,过一段时间就要吃一次来杀馋。特别是在夏天,大热天别的书看不进去,捧一本武打书,也算消夏。

待这种疏离感也没有时,情况变得不妙了,就是不论捧起哪本金大侠的书,翻了前头知道下文,每段情节,每个人物都了然于胸,没有期待,没有惊喜,没有享受,一切都变得味同嚼蜡。

更糟的还在后面,竟然看到了书中许多缺点,变得不忍卒读了。

教科书告诉我们,小说有三要素:人物、情节、环境。武打书全靠情节取胜,再曲折刺激的情节总有烂熟于胸的时候,当紧扣人心的情节失效时,对金大侠的叙述就不满起来。哪本名著不是靠叙述语言成为经典的啊，《金瓶梅》还得靠山东方言盘活呢。武打书的语言是一次性的，想在其中寻找文字之美那简直是想沙子里挤水。

还有就是书中一点逻辑都没有。按常理，明明可以这样，书中偏要那样，让人物做出二愣子的选择。比如，前一刻张无忌还是一个对世人充满恨意的人，没过几天，他就成了要化解正邪两派的侠义人物，只能让人归因于他的根红苗正；再比如，当"江南七怪"被杀害后，黄蓉明明对死人写在地上的那个"十"字有疑问，却偏不和郭靖说，让他一根筋地误解下去，找自己老爹拼命。

如果这是大的，那小的就更多了。杨过在古墓中苦练十年，功夫也才二流，为了情节需要，让他拿把大剑站在海潮中乱舞两下，一下就变得内力深厚，天下无敌了。屠龙刀和倚天剑是天下利刃，没有什么兵器能砍断，那当年黄蓉又是如何把杨过玄铁剑分开铸成这两件兵器的？黄蓉把《九阴真经》写好分藏在两件兵器中，只有两件兵器互斫才能取出，她要么写在纸上，要么写在绢上，不管写在什么上，塞在刀剑中，刀剑受热，终要化为灰烬吧，哪知屠龙刀在烈火中煅烧了一天一夜，刀身被烧得火红，刀身内的纸或绢竟完好无损。只能感叹："真经"不怕火炼……

除了这些，还觉得金庸这人不地道，往大了说他是三观不健康，往小了说脑子里有封建意识。他的书里，"失足"的女性从来没有好下场。所谓的"失足"，无非是没有嫁给男一号，被坏人甜言蜜语骗了。《连城诀》中的戚芳是这样，《笑傲江湖》中的岳灵珊是这样，《飞狐外传》中马春花是这样，《射雕英雄传》中的包惜弱、穆念慈是这样，就连被人玷污了的小龙女，他也不放过，让她在绝情谷底待了十六年。金大侠啊金大侠，你这是在弘扬博大精深的中国文化呢，还是在宣扬封建糟粕。

古龙的也看不下去，书中的人物都在装。李寻欢在装，阿飞在装，西门吹雪在装，原来江湖就是一帮精神病在瞎闹腾。还有就是，有什么话古龙不好好说，中间非要捎带些夹生的说教话，装哲学家。原来最大的装家就是你啊。在一本书里说说就算了，还能在那一整排的书中都这样说，热情让人想而生畏。古龙，你这是写武打小说呢，还是写心灵鸡汤小品文呢。特别听说他靠这些夹生哲理话骗了一个又一个美女，更让人气愤，这与谈一场场言不由衷的恋爱的花花公子有什么区别呢。

面对武打书，我是变了。以前到图书馆，面对一排排武打书，觉得它们都在搔首弄姿，等待我的挑选，现在它们全变成了遭弃的怨妇。

我有时很恍惚，怀疑自己曾把大把青春美好时光铺洒在那些书上，这多像一场错爱。早年，那些武打书，风姿绰约，风情万种，现在已成陌路人。

也许武打书就是我的江湖,少年意气风发,渴望闯荡,年老心倦神疲,已有归隐之意。

再见,江湖!

人生,无法朗读

——《朗读者》影评

有的人一生注定只能谈一次恋爱。

对迈克尔来说,少年时与中年汉娜耽于肉欲的恋情就是他人生情感的最高峰,此后,再也没有跨越过。

情欲的甜美让少年迈克尔沉迷,每一秒与汉娜相处都成为美妙时刻,他对汉娜许下诺言,也要汉娜许,汉娜不说,或只是应付地说。

汉娜没法说。曾是纳粹一员的她,见过太多的死亡与苦难,命运的悲凉已经把感情打磨到零点,在那个年代,要想生存,失去情感是必不可少的。迈克尔的迷恋再有少年纯真情怀,也不能与之抗衡,纤细柔弱的情感无法撼动汉娜对世界与人类的认知。触动是有的,面对美妙情感的期望,既然不能应答,只有选择规避。

汉娜走了。怀揣着黑黝黝、沉甸甸、坚硬无比的人生观。

这段笼罩迈克尔一生的恋情，是什么原因让他挥之不去，以致让生活处处破绽百出呢？是初恋在情浓时的戛然而止，还是他本就是情感的容器，一次就可注满的人？这一点我们无从得知，但可以肯定的是，在以后的岁月中，他一定无数次回味与汉娜相处的时光，从而朗读名著给汉娜听这一重要内容才会反复重现。

迈克尔再次见到汉娜是在法庭上。汉娜结束了隐匿纳粹的生活，必须承担起她的罪责。苦难太大，仇恨太大，罪责不会考虑主动还是被动，即便她只是国家机器上的一个螺丝钉，她也要承担一个螺丝钉的罪责。汉娜没有像她以前的同伙极力辩解以求减少刑期，甚至默认了对她的栽赃。同伙一致指认当年那份材料出自汉娜之手，而汉娜却是个文盲。

众目睽睽，理直气壮，汉娜的同伙就这样进行了栽赃。她们也许不是很有把握，求生的本能让她们团结一致。汉娜最后竟然承认了。

汉娜的承认，既有她的同伙拿捏到的不能克服的自卑，更多的是对罪责的认识。相对于过去犯下的罪恶，未来都没有了，多几年牢狱生活又算什么呢。

这一切，迈克尔都看在眼里，但隐秘恋情还不足以强大到让他与一个纳粹逃犯相认。

监狱中的汉娜依然是麻木的,漠然是为了不让记忆复活。直到她收到当年那个"孩子"寄来的朗读音乐带,她的心才荡起微波。可她不知道,那些音乐盒不是新生活的昭示,只是"孩子"对当年情感的一种纪念。

　　对过去的罪愆以世人眼中认可的形式进行救赎与担当,也许让汉娜心灵得到放松,从而敢于向往美好的情感。听着音乐带,对照着书本识字,就是一种表现。

　　汉娜和迈克尔再次相见,是汉娜即将假释出狱前,中间已经隔了二十六年的时光。当汉娜向迈克尔伸出渴望的手遭到拒绝时,幻灭让她再次跌回到黑暗之中。她结束了自己的生命。

　　迈克尔把汉娜在监狱中攒下的钱交给犹太人受害者的后代时,她拒绝接收。仇恨太大,无法原谅,哪怕有一点点宽容的嫌疑,只能让时间来冲淡。

　　国家的罪恶戕害了每一个参与其中的个体。抛开汉娜的社会身份,也就是当年她被动犯下的罪恶,单单作为个体来说,她的命运让人悲凉。

　　这一切,都只能沉甸甸地装在当事人的心中,冰冷、坚硬,不仅无法朗读,甚至无法宽慰。

重读《红楼》

一阵子看《红楼梦》是时髦,一阵子不看是时髦。我反正是看了三遍。

第一次没看懂,只当作爱情小说看了,有时看了半天还没见宝、黛二人出场就觉得憋闷,觉得作者好烦,尽讲些和他们二人不搭界的事。那时我还在上学,高中了吧,感情还是那样迟钝。第二次看时已经上班,正是饱满的阅读期,看一部大部头的书就像啃馒头一样,已经啃了不少外国的"馒头",特别是法国和俄国的,以为好"馒头"都在国外,再拿起《红楼梦》,大吃一惊,才知道,中国也有香喷喷的"馒头"。我记得很清楚,每天下了班,先洗手,一定要洗手,因为工厂灰尘太大,一直弥漫到心里,端正地坐在书桌前,翻开《红楼梦》,美妙的感觉迅速从口舌传遍全身。怪不得古人说,看了好书会口齿留香呢。每天不敢看多,一天只看一回,却又像个贪吃的孩子,欲罢不能,总是要多看上一两回。当全书看完时,就像一场盛宴终于散去,心里有着一丝遗憾,为了留住那种美妙的感觉,就又从头读起。

当读了快二十回时,怎么也读不下去了,越读越觉得嘴里有吃剩馍的滋味。终于放弃。才知,重读《红楼梦》是要隔着时间的。

也许是以讹传讹,毛主席说的,只有读过《红楼梦》七遍的人才对它有发言权。有的人就以读过《红楼梦》多少遍来表明自己对它的理解。就算毛泽东真讲过这句话,那每读一遍也要隔着一段时间,如果半年之内读了七遍,那和一遍又有什么不同呢。

首先《红楼梦》不是反封建的,如果只把它定义为反对一种制度,那太低估《红楼梦》了。当面对书中无穷无尽的琐事,阅读随时都会产生疲劳时,我的心底生出一种震撼:是什么原因支撑作者这样坚韧有耐心地写作? 不偏不倚,不只是靠情节、靠内幕、靠情感来完成缜密的叙述。我只能理解为艺术,作者心中对艺术先知般的洞测,让他有巨大耐心对鸡零狗碎的事从容不迫地叙述,这种耐心让我有种悲壮的感觉。也许作者也有,因为他写了"谁解其中味",也算小小的自怜了一下。任何捎带主观偏离文学荒原般冰冷本质的续写,都会降低它的高度。高鹗干脆续写成了官场小说。

有说,曹雪芹晚年贫困交加,书写到八十回,无力再写,撒手西去,让人长叹;还有说,其实《红楼梦》一书,曹雪芹是写完的,不然哪有披阅十载,增删五次之说,只是后几十回,在传抄中丢失了。

有一天,我心里忽一动,觉得曹雪芹根本就没想写完《红楼梦》,因为此书是开放式写作,越写空间越大,艺术已臻化境,文法已达云端,任何结尾都会不尽如人意,都会留有遗憾。他完全有时间有体力写完,故意写到八十回就收手,让艺术保留了空缺之美,犹如维纳斯的断臂。要不然,他何必在开头就写下一些预言诗呢,那样岂不是画蛇添足? 每当后人续写后四十回时,我似乎看到老曹睁一双狡黠的眼睛在诡秘地发笑。

也许《红楼梦》真的博大精深,人生每经过一段时间的冲刷,也才能领悟它另一层真义。我现在才开始读第三遍,和周围人比起来不算多。许多人,特别是女人,读得都比我多。

我仿佛看到在奔向红楼的道路上,我骑着一匹驽马远远落在后面,灰尘遮天的前方透着红装俏影,风声里传来她们的娇声笑语。

有关小说的一个寓言

一日，文学大观园热闹非凡，众人奔走相告：小说在散浮财，分家产。

小说店铺前已被众人围满。首先哲学跳上前说：小说，我对你早就一肚子意见啦，讲理析道，明明是我的职责，你却长期以"文以载道"为幌子，据为己有，实在恬不知耻。

小说：是啊，是啊，我也不堪重负了，请拿走。

随后，报告文学走上来：小说，我对你也是忍受很久了，揭露黑暗，鞭挞丑恶，本来是我使命，你呢，一会弄个官场小说，一会弄个揭秘文章，尽在世俗生活里打转，蚕食我的地盘，掠夺我的读者，居心何在？

小说：这本来是你的，因为你缺少勇气，作者难免曲笔，戴上了我的帽子，我也是冤枉的。

报告文学:还要狡辩。

小说:不敢,请拿走。

心理学说:小说,你有时拿我说事,搞什么心理小说,不伦不类,我抗议你这种不尊重科学的做法。

见到这样,众人纷纷上前,控诉小说拿了不属于他的东西。其中有散文、小品文、传说、神话……甚至连诗歌也白活起来:小说,我反对你过多引用诗歌,有时诗歌的质量远远高于你,看上去你就像一个穷小子抱着一个金蛋。

看到这种情况,文学大观园园主无奈地摇摇头:小说,这么拿下去,你还有什么呢?

小说望着空空的屋子说:我只知道什么不是我的,但我不知道什么是我的。此时,我虽一无所有,却感觉很富有。

禅学马上说:我抗议,小说又在抢我的东西了。

写作只对写作者有意义

对一本书的评说，从来没有这样难。一边是朋友极力的赞扬，一边是朋友全盘的否定。这本书就是阿乙的《鸟，我看见了》。

不可否认，以前对某事的看法，暗暗迎合着友情，这次，只有靠自己了。一想到靠自己，心里一阵慌乱：我可是很少有自己想法的人，或有，也很脆弱。

首先，这本书给我带来了阅读的快感，作者敞开胸怀的写作，让我有八面来风的感觉，这风既有田野花香，也有牛粪马骚。作者说到他的写作时这样讲，他怕人多的时候暴露是个写作者，仿佛心中不可见人的秘密昭示于人，这让他脸红，手足无措，也让他难堪。这样讲，除了他没有写作的虚荣心外，表明写作已是他亲近这个世界的最好的途径，也许是唯一的途径。写作是他的秘密,秘密藏得越深,他越有一种家有珍宝的富裕感。当写作成为秘密时,作者也才能不做作,不装×,低姿态,发自内心,开放的写作,也才能本真、本质的写作。写作不图名不图利,那只能是发自内心的要说话。

这让我再次想到韩东的那句话:写作只对写作者有意义。

现实在不矫情的作家笔下,有着敲打读者神经的生硬,我还是在直面生活的生硬中找到了两个小柔情:

其一:《巴赫》中,巴礼柯若干年回去找爱的女人,等了他一世的女人已经去世,她的丈夫把巴礼柯带到坟头,说,徽敏啊,我帮你把小柯等来了,他还是那么年轻。

其二:《情人节爆炸案》中,两个爆炸者最后说:

吴军:不要害怕,我陪你死。

何大智说:嗯。

吴军:别嗯了,看着我,孩子,就这样看着我。跟我说,我爱你。

何大智说:我爱你。

吴军说:大声点。

何大智说:我爱你。

这段话放在全书结尾,真有高潮。

掩卷合书,有种说不出的痛。

北岛说阿乙能走多远,取决于诸多因素,虽然他有才华,但也有缺漏,还没有成熟,这在他的文章中也有显现。罗永浩的评说带有怨气,感觉,阿乙不过成了他要戳破世俗的针。这让我想到朋友对这本书的态度,其实另有隐情。当然,这是题外话了。

文中还有一句话我有记忆:他尊敬地望了望天空。

朱文的眼神

　　见不到名人的原生面，这是生在偏僻小城人的遗憾。我初见朱文，是在《作家》杂志上，他穿着花裤头，梳着马尾辫，满脸的叛逆与不屑，与我想象中的他完全一样。他没有让我失望，他就应该这样愤怒与酷。

　　朱文是我喜欢的一个作家，不仅我喜欢，我的朋友们也喜欢，我们常常谈起他的作品，谈得酒兴盎然。他的作品有一半是写工厂的，因为环境相同，我们更能领略其中的好。《小谢啊小谢》《五毛钱的旅程》《小羊皮纽扣》被我们反复谈起，文中的那个主人公小丁，已经成为我们一个朋友了。就在我们期待看到他更好的作品时，朱文却转行干起了导演。

　　再见朱文是在央视十台，他的电影《云的南方》在柏林获奖，作为成功的导演（之前，他的《海鲜》也在威尼斯获奖）走进屏幕。这次的朱文,马尾辫没有了,剃了个板寸,大脑袋把整个镜头都挤满了。改变的不仅是发型,更有他的眼神。

朱文的眼神中没有了叛逆,没有了愤怒,没有了不屑,他真的像了一个成功人士,眼神里有着柔和与宽容。讲几句话,眼睛就要弯起来笑上一笑,像那样再笑下去,要不了多久,他的眼角就会起眼角纹。与此相对应的,得了喉癌的李雪健,眼神显得高深莫测,看上去有些恐怖。

这不是我想象中的朱文,可这有什么呢?朱文不为任何人存在,特别不为那些郁郁不得志的人存在,他没必要永远成为那些人叛逆和愤怒的化身。他有着自己的心理历程。一个敢于面对生活真相的人,没必要伪装自己的眼神,内心稳定和宁静,这是多少思想狂乱的人梦寐以求的事啊。朱文好像做到了。

也许做这档节目的人是朱文很熟悉的人物,其间,他许多次眼神都差点露出早年那种不屑来,最后,眼睛向上一弯,露出的还是一个微笑。不管怎么说,在熟悉的人面前显露叛逆,是一件不好意思的事。朱文似乎也意识到了这个,他说,他的心里还保存着愤怒。

愤怒表达到怎样才对应生活空给它的位置,朱文现在已经了然于胸了,把愤怒仅仅留给艺术,这也许是对愤怒的珍惜。

伤离别

忽然觉得从没有的轻松
当我进入这个松松垮垮的你
岁月一寸寸拂过你刻板的身体
你不再有气力将我紧握

忽然觉得从没有的愉快
当你不再大声呵斥我的速度
让快慢的快变成愉快的快
哪怕换个姿势都是多余

忽然觉得从没有的湿润啊
当你心中年久日深的怨恨
化作眼角刹那的感激
我也忍不住放声哭了

忽然觉得这一刻的永恒
当两个身体默默地最后告别
两个互相猜疑、绝不信任的灵魂
终于意识到:我们曾经爱过

把身体贴上文学的标签

卫慧才出道的时候,许多文学前辈带着爱怜的目光注视着她,认为她在他们的抚育下会顺利成长为一名作家,不想,小女子不听话,先是写了一篇《像卫慧一样疯狂》的中篇,这让有些人心里一惊:此辈非我类也!但也只是归纳到年轻人虚荣心重,不能沉下心来写文章一类的问题里。

后来索性不像话,又写了一本《上海宝贝》,坚决与那些修炼了几十年的老前辈道别,连挥手都没有做一下。

少年无知啊!

老前辈们感叹。

当这一切发生时,卫慧正躺在夏威夷海滩上快乐呢,她心里一定在暗笑:写文字既能来钱,又能来名,还能得着一个反叛传统的文学前锋的形象,妈哎,到哪找这种好事哟。

老前辈们不知道,冲击着他们衰老心脏的更有后人,卫慧不过一马前卒罢了。

　　随后,九丹打着"妓女文学"的旗号呼啦啦地就上阵了。《乌鸦》彻底把一些人的眼熏黑了。对着一点没有文学价值而卖出好价钱的《乌鸦》,对着没有一个文学素养而频频亮相的九丹,有些人真的觉得文学殿堂闯进了一只乌鸦。

枯木与东奔西跑相见的各种版本

【体育频道版】

各位观众,晚上好。我们现在是在大沙漠上为您现场直播天下两大剑客的比武。一个是久以成名的东奔西跑,想来大家对他都很熟悉,由于他常年在马路上用剑戳地上的废纸片,由此他练成了天下独一无二的垃圾剑法,传闻他的剑法一旦使出,将会天地无纸,让人有回到史前文明的感觉。据和他关系亲密的西跑东奔讲,东奔西跑家里堆满了破鞋,可见他练剑之勤。

另一位虽然出道不久,但也已名满江湖。她就是女剑客枯木。听说她的练剑之法自成一路,就是用剑刺树,随着树的成长,她的剑法也日渐增进,直到那棵树被她刺成枯木,树上的精华全被她吸入剑中。据见过她剑法的人称,她的剑式隐然有古意,剑出鞘,冷气袭人,剑身发绿光,耀人眼目。

这场比武,看是二人为了"天下第一剑客"的称号,实则是身为绿色和平组织的形象大使东奔西跑先生对枯木练剑方式的不满……

啊,比剑开始了。我们看到东奔西跑左手握剑,右手却拿着一个垃圾袋;枯木粉脸含笑,俏然而立。东奔西跑出剑了,但剑只到半途,就脱手飞上了半空。枯木已经出剑。东奔西跑突然蹲了下去,嘴里在喃喃自语,并解开身上的衣服。他要做什么?让我们靠近一点。啊,听到了,他在对枯木说:给我签名!

枯木的剑尖在离东奔西跑的胸口一寸处停了下来。她的剑会不会刺下去呢?……广告后再见!

【小资版】

透过清冷的月光,枯木忧伤的目光把沙漠层层抚平,白衣胜雪的她,腰的左边插着一把剑,右边戴着一个 CD 机。《剑手就是寂寞的》这首歌已经被她听过无数遍了,每次大战前,她都要在这首歌里寻找心绪的宁静。就像每次大战前,她必喝一杯 DJ 一样,一杯加一点 SALT,不要 SUGAR 的 DJ。她的手上捧着一束鲜花。每次对敌她都带一束花,她不想闻到血腥味,她要在花的香气中了结对手。她想，今天是情人节呢。

东奔西跑缓慢地从大漠深处走来，许多人从他的名字上想当然地以为他是一个走路快的人，其实他不仅不快，相反，比一般人还慢，他认为，慢才是一个剑手应有的步伐。他伸手掸掉落在身上的一粒风沙。这是一件黑色宾奴上衣，他只爱宾奴，他只爱黑色。他抽出一支万宝路香烟，叼在嘴角，却不点燃，任凭烟草的清香从唇边慢慢渗透进身体里。他想，今天是情人节呢。

仇敌有时比朋友离你更近……

【武侠版】

●古龙式

明月。

又见明月。

冷冷的明月下站立一个人，眼中有着比月光还冷的光。明月下，连天沙漠，一缕轻烟从天边滚滚而来，轻烟滚到站着的人面前，倏然而止。

你就是东奔西跑？

比目光更冷的话。

你是谁?

你不需知道了,因为对一个死人来说,知道与不知道没有什么区别。

哈哈哈……

笑声还在发出,可东奔西跑已经仰面倒了下去。他见过佛山无影脚,见过郝门鸳鸯脚,却从来没有见过这样快的脚。站着的人弯下腰,把东奔西跑的双眼抹平,轻轻地说,我就是枯木。

●金庸式

自从蝠王韦一笑离世后,世上很久没有见到过这样高超的轻功了。只见东奔西跑如鬼魅一般忽左忽右,围绕着枯木不停地奔跑,寻找着她身上的破绽,企图一举得手。他跑得那样快,脚下却不见腾起一丝尘土。枯木气定神闲,背负双手站立在那个黑圈中,如老僧入定。高手过招,容不得一毫疏忽。东奔西跑作为一代宗师,不可能连这个浅显的道理都不明白,他没有十分把握不会轻易出手。当他转到枯木右边时,看到枯木的右肩颤动了一下,这个轻微的动作没有逃过他的眼睛。东奔西跑手中的剑突地向枯木左颈的天鼎穴刺去。枯木不敢怠慢,连忙使出成名绝招粉拳。这套粉拳使将出来,果然非同一般,让东奔西跑感觉眼前身后,到处都有枯木的一对小拳头。说来奇怪,这套天下闻名的拳法,看去一点都不凌厉和霸道,相反,显得柔软无力,伴随着的不是风声,而是淡淡的香气。这套拳法的厉害,东奔西跑早有耳闻,危急时刻,东奔西跑没有一丝慌乱,他双脚如连环向枯木踢去。这是他家传绝学,江湖传闻已久的太极脚法。这套脚法,东奔西跑已经在上面花费了几十年的心血,世上见过的没有几人。更为神妙的是,这套脚法已被东奔西跑练得一阴一阳、一刚一柔,看似凌厉的一脚,其实却暗含柔力,飘忽的一脚往往后发先至,于无形中伤敌要害。看到东奔西跑使出这套脚法,枯木脸上掠过一丝笑容,她就等着对方使出这招呢,因为她暗中已经练就了一套专克这套脚法的腿法,那就是绣腿。

……

【诗歌版】

●古典体

风萧萧兮易水寒,剑出鞘兮不复返。

一身转战三千里,一剑曾当百万汉。

枯木挑东奔西跑,谁说女子不如男。

此架人间几回有,花钱才能进门看。

●现代体

好日子逝去不复返

只一味执着地追求不知深浅

曾一度陷入无知和偏见的泥潭

到实在无力拔出剑来的时候

才体验到困境绝望与求生的情感

由此对人生百态的感叹

好日子逝去不复返

江湖上的明枪暗箭

身上的旧疤新伤

世风日下中逆着浑水浊浪

幸运地闯过了厄运的激流险滩

那健康蛮野的激情朝气

好日子逝去不复返

到两强相遇、二虎相争

月波下细将岁月清点

还真得倒抽一口凉气

枯木真的不简单

可矫健的身姿、满头黑发

全被一剑做了了断……

●后现代体

一天的奔跑结束了

他揉着酸痛的双脚

面对一个色情的电脑

他忘记了自己正在消磨掉的卑微的生命

仿佛他可以和它平起平坐

因为他对它已没有一丝欲念

多么平淡的一天

一个叫枯木的女子

没有跟帖,没有 BT

她吃到了西瓜,喝到了啤酒

还要去和一个叫东奔西跑的人比剑

【小说版】

●批判现实主义

剑手的出生都是一样的,但每个剑手的死各有它的不同。

枯木终于与东奔西跑相遇了。枯木镇静的目光望向天宇,东奔西跑走得疲惫而又苍凉,好像走了许多年才到达这里。他们越来越近,终于,面对面站定。

你就是枯木?对方点了点头。

我想你就是东奔西跑吧?和我想的不一样。

噢,想象中我是什么样子的?

枯木笑了笑,她的笑在月夜中显得很美。她说,想象中的你应该是两鬓斑白,老态龙钟,想不到你这样年轻英俊。东奔西跑听了这话,脸上露出羞涩的表情,说,真实的东西,有时人们往往不信,也许,这就是生活吧……

●魔幻现实主义

许多年以后,面对枯木,东奔西跑将会回想起,他第一次见到枯木的那个遥远的月夜。那时的枯木还很年轻,脸上也没有与她声名相配的沧桑。东奔西跑靠近她,丝毫没有感到她作为一个剑客保有的杀气,她甚至在用剑切西瓜。她说,如果剑没有切西瓜的作用她才不会随身佩带呢。他问,那你会把剑怎么办呢? 枯木说,会把它当作一朵花吃下去。看着东奔西跑惊讶的样子,枯木真的把剑团成一把,一点一点把它吃了下去。她吃得很香甜,看的东奔西跑轻轻咽了一口口水……

【通讯版】

本报讯:8 月 13 日夜晚,两个看武侠书入迷的青年男女,模仿书中侠客在靠近月亮的大沙漠处打架。接当地居民报警后,警察快速出动,赶到时,两人已经打完离开,据围观者讲,男青年头被打破,发誓回去后要好好练剑,争取下次打赢。

据悉,这两个青年人,一个叫东奔西跑,一个叫枯木,平常喜爱看武打书,平时就爱模仿武打书中的人物行事,加上现在电视正在播放武打片,他们更加沉迷其中,以致做出这种荒唐事。这说明现今年轻人的人生观有待提高,也希望有关媒体在"三个代表"的指引下,与时俱进,正确引导年轻人的人生价值取向,不要白白浪费宝贵的时间,早日把青春献给祖国。

【搞笑版】

当枯木的剑离东奔西脖子只有 0.01 毫米的时候,东奔西跑突然流下了眼泪,他说:"曾经有一截枯木放在我的面前,我没有去雕。人生最大的痛苦莫过于此了。我天天奔跑只是为了逃避这段痛苦，但她的样子，瞻之在前，忽焉在后，哪里是天涯海角呢？如果上天再给我一次机会的话，我一定用天下最好的宝刀来雕。但我知道这已经不可能，因为她已经逢春了。"

【哲理版】

东奔西跑和枯木相对而立，多年的等待让他们如释重负，他们仿佛感到了带有锈味的时间碎片正从身上纷落，都知道死亡也已经让他们等得身心俱疲了。不管死在何时，总会卡在时间的某一处，前后都是无限的延长的静止。或许他们的存在是不重要的，重要的是他们死后的传闻，是的，每个人的存在微不足道，身上的缺点万古长青。看着枯木，东奔西跑的心里有一个伤口正在破裂，里面流出的鲜血不是让他感到恐怖，而是甜蜜。他想，人生是本来就有意义呢，还是我们赋予了它意义？

枯木看着眼前的这个人，想，我为什么要和他争天下第一剑客的名声呢？名声难道不是浮云吗？但放弃名声就是接纳虚无。假如想望灵魂的安宁与幸福，就弃剑归隐吧；假如要做一个真理的追随者，就比剑吧。我比故我在。

剑出鞘，命运开始……

话 语 快 感

　　某天,去参加一个不知什么会的会,待所有领导都讲完后,一个小老板开始发言了。为什么让他发言呢,原来这个会他掏了钱,既然人家掏了钱,不让人家讲两句总也交代不过去。谁知这个小老板讲起来就收不住了,他似乎存心想把这几万块钱成本收回去,先讲他的苦难史,又讲了他的奋斗史,再讲了他发家史,啊呀,讲得声情并茂、声泪俱下。

　　我这人有个缺点,就是别人在讲话时,喜欢摆出一副专心在听的样子,眼睛看着讲话的人。这一看不要紧,小老板仿佛遇到了知音,眼睛也不看别人了,只盯着我讲起来。这个小老板讲话还喜欢用疑问句,每当问出一句话时,必要看到你点头他才接着讲下去,如果你不点头,他就眼睛直勾勾地看着你。我实在是苦啊,虽然不知道他在讲什么,却还得不停地点头。

许多人借故上厕所溜之大吉,更多的人不满地在看着我。最后,我只有掏出手机,装着一边接电话一边走出会场。

晚上赶一饭局,大家都到了,就一老兄旁边有坐,我怀疑他们是故意安排的,因为那位老兄几杯酒下肚,突然收不住话了。他拉着我的手,仿佛多年没见的兄弟,又是搂肩膀又是拍大腿。他讲得比较杂,有新闻有传闻有绯闻有闻所未闻,没有他不知道的,没有他不明白的。

我真是苦不堪言啊,何其不幸,一天竟两遭话弹。

饭店要关门了,这位老兄还不放过我,他脚步踉跄,也不知道我是谁了,不知是他拽着我还是我扶着他向前走。当经过一家商店时,我看到角落里摆着一个光身子的模特,我灵机一动,把他扶到前面,让他的手和模特的手拉在一起,说,这是我的朋友,你就和他说吧。他马上握着模特的手说:"你好你好!"

当我走出老远,借着昏暗的灯光,还看到那位老兄一面拍着模特的光身子一面在滔滔不绝。

回到家,儿子还没睡,一看到我,就屁颠颠地捧着个书过来问我,爸爸,《龟兔赛跑》是什么意思?

《龟兔赛跑》嘛,就是……待我故事讲完,儿子就要跑开。别跑,我说,你知道这故事有什么含义吗?这故事是告诉我们,骄傲使人失败,勤奋才会成功,一个人只要有目标,脚踏实地追求,总有成功的一天。

爸爸,我只是问你一下,你怎么那么多话。

什么,只是问一下? 这说明你看书囫囵吞枣,不求甚解。做事最怕这样了。儿子,你知道吗? 一个人只有一步一个脚印地做事,才会有大作为,成大事……

我一把把儿子按在椅子上,开始说起道理来,虽然我没有做过大事,估计也不会有大作为,同时做事也不脚踏实地,还不勤奋,但这不妨碍我讲道理,并越讲越顺,好像打开的一本名人名言录。

奔累了一天,就在家里,就在儿子面前,我也终于享受起话语快感来啦。

当生活即将幸福时

南辕

小时候生活在农村,常年以山芋为粮,把童年吃成了一片苦味。

一天,看到一本书,说在不久的将来,科学发达了,我们的生活就会好起来。好到什么程度呢?别的我不记得,只记得麦子长得像高粱,沉甸甸的麦穗坠到了地上,玉米棒子要两个人扛,如果扛累了想吃个西瓜,哎呀,那可不得了,西瓜要两个人用锯子才能锯开。还听说,水果里含有治病的药,比如说你感冒了,吃个西瓜,又解馋又治病。想想吧,生活在那个时代,生病都在幸福中啊。

面对未来幸福的生活,我首先想到的就是再不用和杨柳做朋友了。杨柳的父亲在城里上班,他也算半个城里人。不过,我们和他做朋友,绝不是看在他是半个城里人的面子上,而是因为他喜欢穿着长裤长褂,即便是夏天他也是。他不仅喜欢穿长裤长褂,还喜欢把袖口扣得严严实实的。

对杨柳这一怪异举动,开始我们是尽情嘲笑,我们说,杨柳,你知道你为什么喜欢穿长裤长褂吗?因为你取了个女人的名字。再后来,我们竟发现了它的好处。它的好处就是我们可以把偷来的玉米棒子塞进杨柳的衣服里,大摇大摆地从大人们眼皮下走掉。这下,杨柳变得重要起来,他摆起了架子,不愿意和我交往了,他说,他是个文明人,迟早是要进城的,不能干这种小偷才干的事。

为了让杨柳跟我们钻进玉米地,我们想尽了办法。我们骗他到玉米地里找香瓜,和他玩打仗的游戏,把他当俘虏押进玉米地,告诉他,杨柳,你现在是我们的俘虏,我们让你干什么你就得干什么。说着,我们就把玉米棒子掰下来往他衣服里塞,一边塞一边说,你现在就替我军背手榴弹吧。

如果以后的日子真像书上描述的那样,那我们再不用去巴结杨柳了,他的长裤长褂再大,也不能塞进去两个人扛着的玉米棒子。可是,如果真如书上所讲,又让我们如何把一个玉米棒子偷回去啊。

咽着口水看完了那本书,我也牢牢记住了幸福到来的时候——2000 年。

现在,2000年不仅来到了,还过去了几年,书上描绘的幸福生活来到了吗?

看身边,玉米棒虽然没大到要两个人扛,却也要抱了,摊子上的葡萄,也仿佛从玲珑的少女变成了丰润的少妇,如果你有小锯,也不妨用来开西瓜。

吃着那些变大的食品,不知怎么的,嘴里突然少了一份美味。这还不是主要的,主要的是被告知,这些食品是转基因食品或被打了激素,是原有品种的变种,吃了可能有危害。

这可不得了,这些转基因食品,如果我吃了它,它的能量很大,我没有把它消化掉,它反倒把我同化了怎么办? 这可是不能不考虑的问题。如果那样,我岂不要长出香蕉般的手指头和西瓜样的脑袋吗? 还有激素,听说它会留存在体内,不仅危害到自身,还会影响到你的下一代。如果你逗孩子喊爸爸或妈妈,你可得注意了,也许你听到的是一声狗叫。

什么都在变大,包括恐惧。

不知从什么时候起,流行起了吃早年的食品,鸡鸭鱼要吃本的,蔬菜要绿色的、小的。总认为幸福在以后,后来才知道,幸福已经丢失在了从前。就在童年憧憬的幸福生活就要来临时,却被告知,早年难以下咽的窝窝头和山芋干,是最好的食品。原来我一直生活在幸福生活中啊。

忧伤,只是一种内分泌

我说过,我在青春年少的时候,除了故作深沉外,还喜欢表现得很忧郁,其实大部分人年少时都是这样,都把忧郁当作了一种高贵情感。

如果你再有几个和你一样的朋友,那就更麻烦了,个个像比赛似的,看谁有更早进入秋天的感觉。

孔子说,哀而不伤。那个时候,谁也不能理解这句话,不仅要哀,还要伤到绝望。

"我知道我的身旁到处都是忧伤,但我更知道我人生中最大的忧伤还没有到来,我生活的意义不就是等待着它的来临吗?!"

"为什么一看到悲剧,我就流下眼泪;为什么一想到悲怆的命运,我就以为那是自己的归宿呢?"

以上两段话，如果你知道是一个二十出头的人写的，一定会减弱它的分量，甚至化为笑声——矫情永远含有幽默的成分。

艺术家都比常人忧伤。

卡夫卡说：假如我要向右走，我便先要向左走，然后忧伤地使劲向右转。

忧伤让卡夫卡产生灵感。

德国现代舞大师皮娜·鲍希说：我跳舞，因为我悲伤。

忧伤让她的舞蹈有种凄美。

亨利·泰勒在《打秋千》一诗中写道：

　　那时我看着我的孩子们

　　知道他们像万物一样生长

　　但不会回到童年

快乐像氢气球会带着人上升，忧伤像铁链会带人下沉。忧伤让人更容易看到事物的本质。从这一点说，谁都可以快乐，艺术家要忧伤。

北岛说一个诗歌爱好者成不了诗人时，他是这样说的：他既不命苦，也不心苦。

莫扎特和安徒生也不例外。

读者更喜欢充满忧伤的作品,他们甚至把这当作评价一个作品好坏的标准。能让他们流泪的是好作品,反之,不成功。在他们看来,好作品就是疏通他们泪腺的清洗剂。

对泰姬陵的任何赞美永远都比不过泰戈尔的这句"永恒面颊上的一滴眼泪"。泰戈尔就是牛╳。

随着岁月的流逝,我现在似乎很少忧伤了,有时回想,啊,那些纯洁的忧伤,一去不复返了。这真让人伤感。就连这种伤感,也是对它的亵渎呢。

如果说现在我的忧伤与早年的忧伤有什么不同的话,就是我再也不想让它表现在脸上或纸上去引起别人的注意,恰恰相反,我要掩藏起来,免得别人看到了它,甚至,以另外一种面貌出现。它像海一样,会让人溺死,我一面拼命地挣扎,一面又恋恋不舍它苦涩的味道。温和是向生活妥协的一种姿态,其实就是向自己妥协的姿态。

一群土匪绑架了一个音乐家,以后就常把他带在身边,每次抢劫得手庆祝时,酒足饭饱后,他们就说:音乐家,拿起你的二胡拉首曲子,让我们淌淌眼泪吧。

看来,忧伤,只是一种内分泌,要定时疏通一下才好。

会一地方言，就是会一门外语

《武林外传》火了，除了剧情搞笑外，演员的方言带着地方烟火缭绕在观众的耳边。

许多地方交通台和电视台，有的栏目索性就用当地方言来主持节目，插科打诨，让方言起小丑的作用。

那年，我从皖北农村小学转学到这里，一口的侉腔，遭到同学们的无情嘲笑。一次，老师要全班同学报名参加运动会，我说"俺有气管炎"。以后在路上，同学们遇到我就会冲我大喊"俺有气管炎"，其中一个长着龅牙的女生尤其喜欢这样做。当我写这一段时，那个女生当年的音容笑貌俱鲜，包括路边梧桐树上的花。这一节后来被我写进了小说。

方言将会越来越火，这是不容置疑的了。随着时间向前走，方言会像一个地方特产，慢慢成为品牌，也就是说，原汁原味的方言也将会失传。我心中突然设想,走遍全国,把各地的方言录下来,保存,若干年后,将是宝贵的东西。我这个想法诞生没几天,仿佛有意和我作对似的,电视上一则新闻说,发明了方言翻译器,就是能把方言翻译成普通话的东西。既有了这个东西,我想,能把普通话翻译成方言的机器也一定会有,那也就犯不着跑遍全国去费那个心了。

想起一篇小说,说在母亲去世的某周年,做儿子的出于对母亲的怀念,特地跑到和母亲讲一样方言的一个人家待到了很晚,弄得人家一头雾水。

还想到一篇笑话:一只大老鼠带一群小老鼠出来散步,突然遇到一只猫,小老鼠都躲到大老鼠的身下。大老鼠临危不惧,急中生智,学了几声狗叫,把猫吓走了。大老鼠对小老鼠说,瞧,懂一门外语多重要。

到时,也许会有人说:瞧,懂一地方言,多重要。

苦难，不是一个时髦名词

还是从一个节目说去吧。

中央台《今日说法》中看到的。

一对夫妇请了一位保姆，六十岁，保姆与孩子与那对夫妇关系都很好，特别是孩子，可以离开父母，不能没有"奶奶"。一天中午，孩子在午睡，保姆就下楼倒垃圾了。没想到，醒来的孩子找不到保姆，爬到窗台上，一下从六楼摔下去。

失去孩子的夫妇似乎不知道把悲痛引向哪里，他们把保姆告上了法院。法院判保姆失职，赔那对夫妇三十万。

当记者采访那位保姆的老伴时，他告诉记者，自从那件事发生后，保姆整日恍恍惚惚，每到吃饭时，都在面前摆个小碗加双筷子，放个凳子。现在，法院判她赔三十万，如果她有三十万，还会去当保姆吗？

在这件事里，那对夫妇没错，保姆其实也讲不上错。可是悲痛还是发生了。

这件事让我明白了：生活是需要苦难的。

有时，明白一个残酷的道理，比看到一场灾难更让人心冷。

脚下的泥土中似乎蛰伏着一只怪兽，只有不停地用苦难去喂养它，才能安抚它，不至于掀起灭顶的灾祸。

随着网络的发达，"苦难"似乎一夜间成了一个时髦名词，许多人在津津乐道地谈论着它，在一些苦难的照片后面发出咄咄逼人的诘问，仿佛获得了一种权力。

富人消费金钱，穷人消费苦难。

许多人喜欢把苦难挂在嘴边，就像手里握着一个大棒子，遇到谁都要敲打一下，自以为的强势道德犹如真理在手。这些伪善的人心里只有乞丐和贫民，因为他们可以让他们分泌同情，对其他的人一概冷漠。他们的口号是：我可以同情你，但你必须有苦难。

他们遇到乞丐会给个硬币，就以为做了天大的善事了。有时还会发出这样呼声：谁能告诉我，我面对的这个乞丐是真的还是假的？

其实一个人在你面前放下尊严地伸出手，就已经值得你掏钱了。那些人永远不会理解真正有博爱的人在乞丐面前走过，因为心里的痛苦而装作漠不关心。

大爱有时就是对苦难视而不见。

小恩小惠欲博大名大利,乞丐对这一点可是看得很透。他们说,你给一个小钱,我喊了你一声大爷,外加一个笑脸,买一送一,你可是赚了的。

"苦难"现在越来成了一个时髦名词,正越来越成为一件消费品。其实这也是人性的需要,就像恨一样。

以杨键的诗《惭愧》来结束吧。

像每一座城市愧对乡村,

我凌乱地生活,愧对温润的园林,

我噩梦的睡眠,愧对天上的月亮,

我太多的欲望,愧对清澈见底的小溪,

我对一个女人狭窄的爱,愧对今晚疏朗的夜空,

……

我反反复复地过错,

……

愧对父母,愧对国土

也愧对那些各行各业的光彩的人民。

面对电脑，你还有多少梦想

任何人添置电脑都会激动上一阵子，望着眼前那一方屏幕，以为那是生活的一扇新窗户，透过它，令人心跳的美景即将跃入眼帘。

随之而来的就是几个期：聊天蜜月期，游戏狂热期，偷窥非法网站的躁动期……

度过各种期后，终于迎来了网络更年期。

某一天，你打开电脑，面对着屏幕，你突然有站在荒原的感觉，不停翻动的标题和图片，犹如风沙快速地从身边掠过，心里是那么茫然与苍白。网络虽大，竟没有自己可去之处。

终于明白，电脑，既不是打开新生活的金钥匙，也不是化平庸生活为神奇的魔法棒，面对网络，孤独的更加孤独，健谈的更加健谈。

中年的疲惫如花岗岩,或许早年的梦想能从内部顶破它。既然电脑无所不能,那就来实现早年的梦想吧。

于是,你努力回想早年的梦想,或遗憾。

磁带听歌年代,梦想着把自己爱听的歌全收集到一盒磁带上,一次听个畅快。

广播听评书年代,梦想着把全套评书搞到,再也没有"欲知后事,明天接着说"的等待。

漫画书年代,动画片年代,邓丽君年代……

还有那首总是和隔壁班女生一起出现的老歌。

……

键盘如一个压榨机,终于在某一天失去了回忆的温度。

靠榨取早年梦想度日的生活也走到了尽头。

早知道这一天迟早会来,那闪烁在心中的火苗,虽微弱,总还盼着再摇摆几天。当它终于熄灭的时候,心里平添了一份凉意。心中刚被顶开的裂缝,以看得见的速度合拢了。

你似乎还不甘心,在岁月里挑拣着。于是,广播体操、眼保健操又重新响在耳边。

"为革命,保护视力,预防近视,眼保健操开始。闭眼。"

你真的闭眼了,不是为做操,是为了一声长叹。

冬泳的乐趣

从小就喜欢游泳，但没有想到，游着游着，就游到冬天里去了。

就像弱者给强者自信一样，我是从一位瘦弱的女冬泳爱好者那里得到冬泳的勇气的。记得第一年，心里还有些犹疑，担心自己能不能游过整个冬天。随着一天天地过去，已游过的半个冬季，就像手一样在后面推着自己，欲罢不能了。游过去还是停下来，似乎变成了一个自尊心的问题。

每天天蒙蒙亮的时候，从暖乎乎的被窝里爬出来，再跳到冰冷刺骨的水里，想起来就是一件怕人的事，但不跳是不行的。如果有一天因为某种借口少受一次罪，那么你会觉得，整天心底都会有一个扮着鬼脸的小人在对你闪着狡黠的目光。游过之后，那种神清气爽的感觉，真是再美妙不过了。这种感觉除了运动带来的头脑清醒外,更主要的是战胜一次困难后精神上的愉悦。如果人生是经过各种挫折获得心灵宁静的话,那么每天都能遭遇一次挑战并能战胜它,其中的快乐是不冬泳的人无法体会的。冬泳的人在一起照过多次相,从相片中我发现,大家都是笑的,是那种收敛含蓄的笑,虽是冬天,但笑容里有着阳光的温煦。

冬泳的人是有节日的,这个节日就是下雪天。当第一片雪花落下时,心中似乎就有一种欲望在突突地跳。早上,推开窗,落了一夜的雪满眼而来。没有片刻的犹豫,连忙穿上衣服,向游泳池赶去,一路上,心中的喜欢几乎就要鼓荡而出。到了游泳池,那是怎样的一幅景象啊,四周是绵实的白雪,中间汪着一池清寒的碧水。人从来没有这天来得齐,大家叫着,喊着,拿雪在身上擦着,卧在雪地里摆出各种姿势照相,脸上有着儿童般的快乐,似乎整个冬天的期盼就是这个时候了。

有时也下午去,游完之后看看报,晒晒太阳,放松的心灵真正体验到了闲暇的乐趣,阳光也在此时获得它温暖的本义。立冬、冬至、立春,这些节气名称,再也不是印在日历上无意义的字眼了,它们通过水温的变化让我有了切肤之感。

因为冬泳,结识了一群冬泳的朋友,他们都是热情开朗、心胸开阔的人,也许冰水已经消退了他们身上作为年轻人本应有的燥气。为了迎接真正冬天的到来,每年的 12 月 22 日,我们是要聚餐一次的。那一天，我们游完泳，一起到菜市场去，买来羊肉、狗肉、大白菜、粉丝……随后到一个人家。都是大男人，谁也没有做菜的本事，只知道把一切东西放到一个锅里煮。自始至终，大家都是欢乐的，笑声伴着肉香弥漫在屋子的每一个角落。没有一个不是敞开了量地喝酒，哪一次喝到最后都是不停地到楼下拎酒。在物质越来越丰富的今天，难得的是有个聚在一起喝酒的理由，冬泳让我们找到了这个理由。

世上有许多诸如攀岩、登山、漂流等充满了以艰辛冒险为乐趣的运动，我们不可能一一尝试。但犹如孤独带着思想家、忧郁带着艺术家深入一样，冬泳带着我们感知到了那些运动中的艰难和欢乐，这种感受是一样的，它像山峰一样托举着我们高升，让我们看到了辽阔的天空，还有并不虚无的山谷。

大街的主人

在我上班经过的大街上,有两个疯子。一个在街这边,一个在街那边。

在街这边的疯子神情忧郁,眉头紧皱,头发纠结。他的神情显示,对什么都不满,对什么都抱怨。有时,他会在街边散步。他走得那样慢,又那样沉重,每一步都带着湿漉漉的忧郁。如果你想和他对视,他淡漠地扫你一眼,立马就扭过脸去,轻视的神情足以让你羞愧。

他身上的忧郁是那样浓郁、纯正,以致让他发冷,不得不常年穿着棉大衣。不仅如此,他还把家安在一家银行外的空调旁。就是夏天,他也在借助空调的热风来吹干包裹着他的忧郁。

有时,他的身旁会有一个快餐盒,里面盛着一些饭。他的

脸上满是厌恶,似乎在表明,他吃饭只是为了有劲来厌恶这个
世界。

　　街那边的疯子个子不高,与这边的疯子正好相反,浑身洋
溢着欢乐。好动,不停地从一个垃圾筒跑跳着到下一个垃圾
筒,他表现欢乐的方式不是唱歌,而是用一种近乎舞步的步伐
在街边走动。他一边滑行一边讨好地看着大街上的人,仿佛在
说,我就是高兴,我就是高兴!

　　夏天,他手里常举着半块西瓜,边啃边快乐地看着大街上
的人。

　　冬天,往往只穿单衣,他知道自己穿得少,并因此而快乐。

　　两个疯子有没有在一起过,有没有打过架,有没有交流过,
我一点也不知道,反正我是没有看到他们走到街的另一边去。
一条街上,出现两个神情迥异的疯子,真是奇特,对生活深研的
人,会不会认为这是一种隐喻呢? 不得而知。

　　如果你离开这个城市几年,回来发现,一切都变化了,可是
一见到他们,你一定会在心里喊一声:哎呀,他们还在啊!

　　是的,时光似乎对疯子不起作用。因为他们用一种纯正的
神情永远把自己定在了时间某一处,无法老去。

前埠河畔的歌声

　　太湖县百里镇里有一条河,叫前埠河,来源于群山中,应是溪水汇集而成,河水清澈,几可见底。我们去时正是枯水季,河水缓流,静默无声。当地人说,夏季山洪暴发时,河水会漫到堤上,奔腾横流,让人生畏。我看着身后横跨极宽的前埠河大桥,高大坚固,发黑的桥身留有洪水浸泡的痕迹,相信所说不虚。

　　我是应邀来当地参加一个活动的,热情的主人安排与会者欣赏当地民歌。提到民歌,我想到我们马鞍山的当涂。由于近年各地都在挖掘当地的文化资源,当涂竟整理出了一大批民歌,不仅录了唱片,进行了申遗,还唱到了维也纳金色大厅。我也多次聆听,都是在舞台或剧场,歌手穿着鲜艳的服装,手持麦克风,歌声不能说不悠扬,但总觉得隔了一层,只听到歌,没见着民。

有一年到湖南凤凰去玩,泛舟沱江,河边站着一位身穿苗族服装的姑娘在唱民歌。此时,民歌成了一道风景、一种点缀,姑娘成了民歌的播放者,她哪里能享受到唱民歌的快乐呢?

当地人清早都要到前埠河洗衣,此时,他们边洗边唱。这样的民歌可是原汁原味的,当地人介绍说。

去时天还未大亮,群山静默,大地沉睡,河边已经传来噼噼啪啪的捶衣声。朦胧中,可见河两岸蹲着许多洗衣人,捶衣声如山的心跳,空旷而邈远。我看了一眼离岸不远的住家,突然想到两句诗:溪声长在耳,山色不离门。

河边没有石头,更无杂草,而是洁白的细沙,踩上去,几疑在海边。洗衣的都是女的。问她们为什么到河边洗衣服,而不在家用洗衣机,她们说,这里洗得干净啊。捶衣的石头深陷在沙岸边,不是临时搬来,可见确如她们所说。

突然,一声清亮的歌声响起,如小鸟轻越晨雾,群山轮廓徒显。原来是一位男歌手在唱。他肯定是当地特地安排的,因为他腰部别着"小蜜蜂",手里还端着照相机。他的歌声引得洗衣女一阵窃笑。歌声落定,复归静默。不一会,对岸一个女声响起,歌声轻柔,似怯于轻寒和未明的天光,如触须在河面轻探,羞涩不敢大声,穿绕于捶衣声间。歌声仿佛一片羽毛,撩拨着人们心底歌唱的想念。

果然,歌声甫定,这边歌声应和而起,清越而响亮,没有了对岸的怯弱,多了一分自信,更有一种挑战的味道。

　　如许多民歌一样,歌词是不重要的,无非是哥想妹子吃不下饭,妹想哥哥喝不下水,用方言唱出来,更是难懂,好在多是在语气词上婉转缭绕,讲究的是旋律和气息,听来淳朴清新。

　　几段民歌对唱下来,大家心里已经完全被民歌优美的曲调占据了。两岸的洗衣人,似乎进入一种斗歌状态中,往往这边歌声没落,那边就有几个人同时唱起,此起彼伏的歌声飘荡在前埠河畔,仿佛雨后山村,让人感觉格外清爽纯净,身心俱美。

　　前来的人也一改早起的疲惫,融入歌声里。他们没有想到,在百里这个地方,领略到了民歌真正的魅力所在。是的,民歌离开了田间地头这个天然的舞台,如果置身在五光十色的彩灯下,就像把云雀关在金笼子里,华美的包装会让她失去自由的气息,更谈何天然的歌唱呢?没有掌声,更没有喝彩,此时的掌声和喝彩会显得多余做作,远处隐隐的青山,眼前清清的流水,耳畔优美的民歌,让人不敢相信能有这样的收获和享受。

　　此时唱歌的人,完全没有了当初的羞涩,也没有了两岸之分,她们唱,是因为她们想唱,于是,她们就自顾自地唱了下去,歌声是她们内心的需求,歌声是她们情感的流淌,围观的人都消失了，噼噼啪啪的捶衣声成了打拍声。

真情流露的歌声，让我们这些围观者成了局外人，甜美的歌声表明她们才是这块土地的主人，而我们只是匆匆过客。也许她们开始还拘束放不开，因为是镇上的安排。民歌本来就是自由奔放的，怎样受得一丝约束？但嗓子一亮起来，面对青山绿水，面对故园乡土，藏在心中的情感又怎样不奔泻而出，倾情而唱？这正是民歌精华所在、意义所在。

此时的前埠河已经成了歌的海洋，洗衣女们完全进入了状态，她们斗歌竞歌，暗暗较劲，一个赛一个亮嗓子，一个赶一个吊高音。陌生人的在场，不再让她们感到难为情，相反，围观者助长了她们斗歌的热情。真正的民歌就应该是这样，有一点夸耀，有一点虚荣，有一点自乐，民间艺术不讲究虚情假意，讲的是乡风野气，讲的是真情实感。

天空已经放亮，因为是阴天，还落下了细雨，薄寒依然，但民歌点燃了所有人的热力。抬眼望去，群山秀丽，河水逶迤，大有"我看青山多妩媚，料青山看我应如是"的感觉。

我走过一个同行者身边，分明听到她也在低声唱着一首民歌：

多谢了

多谢四方众乡亲

我今没有好茶饭哪

只有山歌敬亲人呀

敬亲人

……

怪　闻　录

死亡体验营

一日路遇一早年朋友,问他在做什么,他说在开一个叫"死亡体验营"的公司。我孤陋寡闻,不知这是干什么的。

他说,现在的人天天在追求物质生活,对生命没有一点敬畏之心,感官麻木,既感觉不到生活的丰富,也没有情感的高贵。如果参加了我们这项活动,让他们置之死地而后生,我相信,每一个劫后余生的人都会有重获新生的感觉。

我问如何置之死地而后生。

他说,很简单,首先交一笔费用,签个合同就行了。以后的活动都是我们来安排。具体什么活动,啥时展开,这都不会告诉你。要的就是意外，要的就是以假乱真。比如，有天你要坐飞机，突然有事拖延了，你紧赶慢赶，飞机还是在你即将进入机场时上天了，就在你诅咒气愤之余打开电脑时，发现错过的那架飞机却失事了，机上无一生还。这是初级的，你不用置身活动中，我们会安排与你擦身而过的灾难，让侥幸的你心生感念，唤起你对生命的感悟。

那高级些的呢？

那就要顾客参与其中了，当然他们是不知道的。比如安排他出个车祸，一车人都死光了，唯独他毫发无损，或只有轻轻的擦伤，周围死尸狼藉，血洒得他满身满脸。当抢救人员费了好大劲把他从严重变形的车里救出来时，你想，他以后的生活想不改变都难。再比如安排个歹徒把他劫持了，经过警匪对峙，甚至枪战，最后被击毙的歹徒脑浆喷得他满脸，死里逃生的他在以后的生活中还会在乎一顿饭钱什么的吗？

我一边掏钱付账一边说，你们这是把生活质量建立在别人的灾难上。

他说，新闻中那么多灾难报道，不都是观众的需要吗？

我还有最后一个问题，你们这样做生意，那每次灾难中死的人怎么办？

他脸露诡秘，这是商业秘密，不能说。

信息收集员

某夜,一在公安局不知具体做啥的朋友,约我到山林中去捕捉小动物。问他做什么用。他说,前一阵这里发生了一个凶杀案你还记得吧? 我说,当然记得,至今案子还没破,你们还悬赏破案呢。

他说,所有的线索都断了,就是找不到凶手,现在只有这一个法子了——捕捉当时现场小动物,比如青蛙、小鸟,蚊子也可以。

逮它们干什么? 难道它们会告诉你谁是凶手?

当然能告诉。它们目睹了当时场景,这一信息会保留在大脑记忆中,把它们逮到,带回去,用仪器一提取,当时的场景就会重现出来。只是这么大个山林,谁知道哪只青蛙当时在场,哪只小鸟正好飞过? 总不能让我们把这山里所有的青蛙和小鸟都逮回去吧?

什么什么? 动物还有视觉保留信息?

当然了,不仅动物有,告诉你,植物也有。只是从植物中提取信息的仪器我们还没研究出来,不然,从现场采片树叶带回去就万事 OK 了。

你这样说,以后破案不是轻而易举了? 谁还敢犯案?

话不能这样说，罪犯集团现在也发明了一个洗信息设置，作案时戴上它，现场所有动植物的记忆都会被抹去，更不要说人了。正所谓道高一丈，魔高一尺。我们这行也不好干啊。

穿越

一天去看一位 IT 精英，发现他正抱本历史书在读。问他做啥，他说正在复活历史。

复活历史？

严格说是复原。就是按书中记载的，用电脑程序把过去的各朝各代复原，当然这是 10D 的，就是说里面人物是活的。你也可以参与进去，这可是真正的穿越啊。

你说详细些，我还有些搞不懂。

现在玩的游戏都是平面的，只是手动动，头脑参与。现在我们搞的，你也可以看作游戏，只是你的身体也要参与，是实实在在地生活进去。比如我们复原了三国时代，你可以选择其中任何一个人物加入，你可以选择关羽，也可以选择貂蝉。

选择关羽就必须忠于刘备？

不，这只是一种选择，你可以既不忠于刘备，也不忠于曹操，你可以当个双面间谍。

那这样历史不是变样了吗？

历史什么时候正样过？你的世界你做主。

那我也可以选择当皇帝了？我像发现了幸福地问。

你也可以选择当杨玉环腿上的一只猫。

要把历史还原成真的一样，这项工作也太巨大了。

并不巨大，虽说人类历史有几千年，但从人性来说，并没超过一百年。改变的不过是服饰和一些表面的东西。我们只需编好每个时代的服饰，再把属于人性的东西添加进去，就万事大吉了。我说过，历史河流看似很长，宽度其实不大。

怎么不巨大？比如我到了汉朝，想看一下当时的法律，这个你们就要编好啊；想找一处小吃摊，你们也要设计好。

也许事先编好，就是不编好，也没事。程序一运行起来，自有它的规律，没有法律，马上政府就会制定；没有小吃摊，马上就有生活窘迫者支起来。所以说，以后那些学习历史的人，如果想了解汉朝的法律，只需进入汉朝，当个皇帝，一声令下，很快一部法律就会制定出来，我想，内容与真正历史上的也不会出入太大。不仅历史，就是书，我们也可以模拟，比如《红楼梦》《水浒》，甚至把二者合一，你就可以当贾宝玉、鲁智深了。

我要当孙悟空。

所有神话是我们的禁区，包括《西游记》，因为其中有神仙和佛祖，牵涉到反噬。

什么叫反噬？

就是虚拟中的人物太过强大，弄不好会突破虚拟，反过来控制现实。

如果我到了虚拟的历史中，会不会还有别的人穿越进去？

这要看你的选择了，如果选择单机版，只会是你一个；如果选择联网，就有可能多人。就是说你的林妹妹也许就是街头卖红薯的老太，王昭君正是某个旅游公司经理，借机免费察看旅游路线。

我会死吗？

死？为什么要死？你是被《黑客帝国》欺骗了。梦中人死了，你不过会被惊醒罢了。

那你能不能编个未来世界，让我穿越呢？

我终于在你身上发现了一种美——想得美。

家长的逃避

自从你和我说了孩子教育，近来我深想了一下，主要是想严教与慈教两种方法，谁更好，或谁不好。想来想去，想不出个所以然来。想的也都是书上得来的经验，好与坏也是存疑的。

我有时想，严与慈的方法本无所谓哪个更好哪个更坏，关键在于家长，如果家长心里的见识正确，严与慈只是手段罢了。

可以说，许多家长是不会当家长的，是被家长的。这有两个含义：其一是现实的，有了孩子才被动地当家长，由人子到人父人母，角色的转换是被动的。其二是心理的，就是根本不知道如何教育孩子，经验都是听来的，或众人遵守的，人云我做。

许多人本来就毫无主见，成了家长后也必然是教育的跟风家长。这样的家长根本不知道要给孩子什么，要把孩子塑造成什么样子,因为他们根本不了解作为个体的孩子的细微差别。比如许多家长都会对孩子说,要听老师的话。真正有见识的家长会说"要听老师对的话"。

说听老师话的人,有两个理由:一是听老师的话是自古以来好的传统,这样说是没错的,还含有尊敬师长的意思;二就是听老师的话,可以给自己省去许多麻烦和责任,听老师的话你会学好,会上进,如果你没学好,那肯定是你没按老师的话去做,错不在我。

相反,敢于说听老师对的话的家长,他要承担的东西就太多了,第一:他要明辨哪些话是对的,哪些话是错的,为什么对,错在哪里。第二,不听老师的话,那就要反抗权威,会不讨老师喜欢,会遭同学疏远,家长是否有足够的能力帮他来抵抗。这个可不是一天能解决的,也不是一件事能解决的,要想到孩子还小,心理脆弱,家长的支持不能停在口头上。比如孩子遭到老师的冷嘲热讽(这在中国几乎都算不上问题),家长要不要替他出头;孩子遭到坏同学的欺负,家长要如何帮他摆平,不能只是口头上说要和他们对着干,要敢于反抗坏人。

童话大王郑渊洁的儿子说不想在学校上学,他就让儿子待在家里,用自己的方式教育他,每天画一幅漫画,把道理都画在漫画上。这是郑渊洁高出别人的地方,一来他心里明白教育要顺着孩子天性来,二来他有这个资本与能力照顾到孩子的天性。

其实对孩子的教育,就是父母的一次自我教育。

期盼激情,接受错误

前晚黄健翔的一番叫喊,犹如一道闪电,把全国人的神经从混沌中电醒了。像任何事件一样,网络上马上分成两派,大骂与大捧开始。

中国的电视节目解说员,特别是体育解说员,一直被观众所诟病,说他们就是机器人,毫无情感,更别论有才华和充满艺术想象的解说了。韩乔生是个好人,心地善良,怕大家看球的时候寂寞,就不停地絮絮叨叨,他把自己的话当成背景音乐了,可惜好心办坏事,结果没能博得大家的欢心,还被大家揪住了小辫子,把他的口误汇编成册,在网上大肆传播。看着那些口误,觉得老韩不当娱乐明星,真是入错了行。

老韩有大肚量,对此并不生气,只是有些委屈地说道,让谁在九十分钟里不断地讲话,也有讲不全的时候。

此话有理。

试想想,让足球解说员,在九十分钟内,时刻充满激情和艺术想象地进行解说,既要幽默又要妙语连珠,既要懂战术又要叫出每一个球员的名字,那可能吗?如果他行,他就是诗人和艺术家了,他还用去赛场浪费自己的才华吗?

许多人都喜欢对别的行当的人提出一些要求,以标榜自己的见识高,境界高。比如对教师,要求老师在课堂上始终精神饱满,充满激情地讲课。现在的老师,很少只带一个班的课,往往是一堂课的内容要讲上几遍,特别是中学和小学老师,特别又是那些副课的老师,有的要讲上十遍,第一堂课也许有激情,剩下的堂堂都要有激情,这不是在进行人性的摧残吗?就是一句话讲上十遍你也受不了。

期盼有激情的解说没错,但不能指望激情贯穿全场,如果九十分钟内解说员能蹦出一两句充满想象力的话,那就是万福了。马拉多纳踢了一辈子球不也才讲出一句像样的话嘛——我第一次感觉自己的手能够触摸到上帝的天空。

可以想象,充满激情的解说一定口误更多,洋相更多,即便这样,有激情的解说还是值得期盼。如果全场解说是一堆话语沙子的话,有激情的解说还能让我们淘出一点金子,而平面无个性的解说永远只能是一堆沙子。

我们鼓起了迎接激情解说的信心,是否具有了宽容错误的肚量了呢?

　　黄健翔虽然大喊大叫了,但那算不算激情还有待考察,不管怎么说,模仿激情就能得到激情,不是吗?

生活不能承受之真相

　　喜欢在文章中揭露生活真相的作家，大抵是没有幽默感的，都是比较孤独的。文学对于他们来说，根本没有艺术之于精神的自娱自乐。比如卡夫卡，比如萨特。

　　看他们的文章，觉得黝黑，像黑矿石，看得艰难，像凿岩石，一下一下，需要耐力，但蕴含其中的宝石是那般闪亮，有质感。

　　周洁茹说，卡夫卡的作品于她，如黑夜，其中又有星星在闪烁。

　　这个感觉多么准确。

　　以前看电影的人，从电影院出来都流着泪；现在看电影的人，从电影院出来脸上毫无表情，回家后却坐卧不宁。自命探索先锋的电影，越来越把自己打磨成一把刀，解剖现场血淋淋。

　　古老的情感，与其说属于心理，不如说属于生理。揭示生活的真相,似乎才是文学艺术的当务之急。

科学,不过是人们看得见的一种真实罢了。

艺术的真实绝不是表面真实的临摹。当我们面对它时,身上发冷,心里发凉,甚至还有羞耻感。

对于上帝来说,财富算不了什么,因为他能看透人心。同样,对于那些能看到生活本质的人来说,欲望也淡了。

韩东说,人只要面对真实,虚无它总有一天会到来。甚至说,真实在世间的反映就是虚无。

这话绝望得让人来不及伤感。

但真实又是什么呢?

也许真实从来都不是一个固定的面目,我们只能无限地接近它,抓住的只是它无数个幻影中的一个,而永远不能一劳永逸。

真相让人冷酷,让人心硬,让人漠然,让萨特独留的一只眼还闪着冷峻的光。也许人们早就认识到了这一条,因此故意在用很多东西掩盖它。

深刻的道理是对生活的一种伤害。还是让我们像低能的动物互相挤着度过一生吧。

微　生　物

　　某日，狗类摇尾相庆，祝贺狗类世界发生了一件惊天动地的大事，这个事就是有个女人爱上了一条狗。群狗奔走相告，谁说我们只能看家护院，属下等动物？看，有个妇人不顾世俗偏见，冲破种类藩篱，勇敢地爱上了我们，还以身相许。这足以证明，我们，狗类，是优秀的种群，以后必将进化得更加优秀。

　　这事，因太过惊世骇俗，人类也有记载，《聊斋志异》云：青州贾某客于外，恒经岁不归。家蓄一白犬，妻引与交，习为常。一日夫归，与妻共卧。犬突入，登榻啮贾人竟死。后里舍稍闻之，共为不平，鸣于官。官械妇，妇不肯伏，收之。命缚犬来，始取妇出。犬忽见妇，直前碎衣做交状。妇始无词。使两役解部院，一解人而一解犬。有欲观其合者，共敛钱赂役，役乃牵聚令交。所止处观者常百人，役以此网利焉。后人犬俱寸磔以死。

某日，人类集体发情，纪念天上一个叫织女的仙女，敢于冲破天庭束缚爱上人间一叫牛郎的男子，最后虽迫于天威回到天上，但玉帝也被他们的爱情感动，破例准许他们一年相会一次，这一天，就被定为人世的情人节。

　　这事，天庭也有记录：使女织女，因"光力"退化，致使身上出现返祖现象，私自委身低能物种。为确保天庭整洁，扫秽除污，勒令他们隔时就交媾一次，以警众神。

　　每当这时来临，织女和牛郎要受到两股目光的关注，一边是众神嘲弄讥讽的目光，一边是人类羡慕和怜惜的目光。牛郎想，你们可怜我个屁啊，以为我一年才能和织女相会一次，殊不知，人间一年，天上一日，就是说我每天都要和织女搞一次，我作为一个凡人，这他妈的，谁能吃得消啊？

因为爱，所以敢

近来，李银河突然火了，在王小波去世这么多年后，她依然这样坚挺，难道是王小波的余波在涟漪吗？

李银河的火其实与王小波一点关系也没有，她是一个社会学家，再往实里讲，是性学专家，她的火是针对性讲了一些惊世骇俗的话，比如群交和换偶并不是犯罪，淫乱聚会只是私人的事……

辱骂带着几千年的恶臭迎面而来，但李银河并没有后退，哪怕一丝怯懦，一丝怀疑。一个女人这样坚强，是有原因的。

我们最早知道李银河，是因为王小波。

作为中国一位有才华的作家，特别这位作家身上再带有大器晚成和英年早逝这两重悲剧，更博得了大众的喜爱。爱屋及乌，人们也喜爱上了王小波的爱人李银河，再说，他们的爱情还有一点与众不同呢。

他们相遇在光明日报社,聊了一下午,相谈甚欢。当王小波知道李银河还没有男朋友时,他当即毛遂自荐,说,你看我怎么样?二人遂相恋,感情一直甚笃。

喜爱王小波的人都知道他那篇有名的文章——《沉默的大多数》。他在那篇文章中讲得很清楚,就是中国太多的有识之士因为诸多原因在沉默着,开始他也是这样的人,后来改变了为人之道,做了一个开口言说的人。于是,我们就看到了他写的许多好文章。

不用说,作为志同道合的伴侣,李银河恐怕也是这样想的,就是做一个讲出心里话的人。

在中国,大家都知道,心里有话的人很多,而要当众讲出来,是需要莫大的勇气的。所以,当他要做一个要讲真话的人时,他不是为了名,也不是为了利,更不是标新立异,恰恰相反,他的心里有着更多的悲凉。

在中国,敢讲真话的人,很少基于燃烧的激情,而是无底的虚无。

还有一种敢讲真话的人,那就是老人,快死的人。他们讲真话,其实是一种近似无赖的态度。这与勇气无关。

李银河起码讲了她自己认为的真话,本来她可以放在心里的,或者放在著作里,用科学学术的面纱遮起来(反正对科学学术的论点人们是敬而远之的,没人愿碰,会永远躺在书本里沉睡),过着人们所说的精神高贵生活平淡的日子。但因为心里爱着王小波,她说了出来,还说得那么大声,仿佛不如此,心中就会有一份愧疚。

辱骂一定是意料之中的。但我觉得,世人辱骂越多,李银河一定愈加思念王小波,二人的精神愈加亲密。

尼采说,超人一边擦去世人唾在他脸上的唾沫,一边还要朝他们微笑。李银河显然不是超人,也不想当超人,听说她不想再乱开口了。

言止于当止之时。这是否也是她和王小波之间精神上的契合呢？只有她自己知道了。

第一次拿薪水

那年我还年轻,第一个月拿到薪水时就直奔一家大超市,在这之前我早已看中了一辆山地车。它的价钱也已深印在我的脑中——四百五十八元。而我的工资也刚刚够买它。

我骑着崭新的山地车,就像跨在一匹昂首扬蹄的骏马上,顿时觉得自己神气了不少。我一会调速冲上一个高坡,一会撒把玩个潇洒,我陶醉其中忘乎所以,根本没有想到倒霉事马上就要到来了。就在我从一处高坡往下冲时,突然从旁边拐过来一个卖花盆的,咣的一声,我从车上摔在了地上,而花盆也在车子的撞击下,破碎了不少。

卖花盆的是一位老大爷,他一面捧着被撞碎的花盆一面说,小伙子,你得赔我的花盆。

我能说什么呢?我揉着摔痛的膝盖说,老大爷,不是我不赔你的花盆,我身上一分钱也没有,你叫我拿什么赔你呢?

我不管,反正你得赔偿我的损失。

那我把这辆山地车赔给你吧,这是我才买的自行车。

我不要你的车,我要你的车有什么用?反正你不赔你就不能走。

老大爷不要我的车,我身上又没有钱,那可怎么办呢?这时,已经有人围了上来。我突然灵机一动,对围观的人说,谁买我的自行车?这是我才买的车。围着的人没有一个搭腔。我掏出怀里的发票,扬着说,我不骗你们,这真是我才买的车,钢印还没打呢,如果谁要,我可以便宜一点卖给他。

终于有一个中年人搭腔了,他说,小伙子,你这辆车多少钱买的啊?

我报了价钱,并说,如果他想买,零头我可以不要,四百块钱就卖给他。

中年人转头问那位老大爷,问他要我赔多少钱。

我看他也不是有意的,赔二百就行了。

中年人转过头对我说,我只出二百块钱买你的车。

二百?有没有搞错?我从超市推出来才半个小时啊。我坚决不同意,中年人也不坚持。但老大爷直在旁边催。我看看实在没办法,就对那个中年人说,好吧,二百就二百吧,你真是捡了个皮夹子。中年人笑笑说,我这可是助人为乐啊。

二百块钱都没有从我的手里过，直接从中年人的手里递到了老大爷手里，就在这种传递中，那辆山地车的主人已经改变。

　　这就是我的第一次薪水。它花的时间真比我挣它的时间短啊。

拽,失一世;不拽,失一时

把陈升和刘若英的视频看完,眼睛有些湿润。几年前,小影和我们提过,我们都没在乎。我们只对自己小心翼翼隐藏建立在欲望上的感情感兴趣,对别人的感情,往往轻视以标榜超脱。

刘若英是从内心爱着陈升的,除了对他才华的爱慕,肯定还有别的高尚品质,深深吸引着她(高尚品质只有长久的相处才能看清,短时间看到的是表现,不是优点)。刘若英应是天地一个精灵,她那么本真、率性,真让我自惭形秽。按理说,她也是大牌了,但一见到陈升,只能显示陷入爱情中傻傻的样子,没有伪装,没有装模作样,完全手足无措了。至于艺人形象,她哪管得了那么多。

无疑,陈升是喜欢刘、欣赏刘、感谢刘的,他把感情约束在或上升为全方位的爱了,这种爱只能用父爱来称呼了。包括后来的刻意疏远不见刘若英,都是他深沉的爱的表现,因为他深深地知道:她要飞得更远,要有自己的天空,他不能自私地只顾着他的感情,他要让她这个风筝飞,最好飞出他的视野,因为对一个女人来说,有些东西他永远不能给予,或不能代替,他希望她的身边有个人能爱她保护她,哪怕是司机老张。正是基于这样深沉的爱,所以他不会去拽风筝的线。他永远不会。如果他拽了,她失去的将是一生;他不拽,她失去的是一时。

面对纯情感性有才美丽女人痴情的爱,有几个男人能不动心?但陈升做得有节有度,品行高迈。相比我们这些感情猥琐,整日蝇营狗苟的男人,真让人气沮,心生卑微。

陈升是否爱着他的老婆呢?如果接受了刘若英的爱,是否又伤害了另一个女人呢?不知;

陈升内心对刘若英是否也有激烈的爱情呢?不知;

陈升的心中是否还有高于爱情的东西呢?不知。

如果最后,陈升再唱起《把悲伤留给自己》,女人也许会流更多的泪,但起码我是要失望的。

似乎还有许多话要说,又似乎只有沉默了。

千年等一回

　　江南秀才王生，赴京赶考，暮晚投宿。客栈皆满，欲出高价换一床，人心重诺，店老板不与。路有善人，遥指半山一破庙曰：见山中破庙否，向闻闹鬼，常人不敢近之，君若胆大，可往宿。王生大笑曰：神都不怕，何惧小鬼。遂往之。

　　夜半，王生端坐桌前，凝神看书。书名《2011 年的相遇》，系一术士所赠。书中尽现千年后世间情景，亦幻亦象，令人心向往之。彼时出现一种叫电脑的端物，名曰电脑，实则无脑，更无手无脚，不吃不喝，不卧不立；其间有声有色，观之可歌可泣，犹如魔镜，变化万状。世间人则幻化为蜘蛛，靠一张巨网生存。《2011 年的相遇》一书所述，网上两男女，一曰王生，一曰白狐，两人由网相识，由网结缘，生命擦出火花，演绎出彼此人生中最美的篇章。

白狐对王生曰：知否？我们的相遇缘于千年前的相识。

王生曰：愿洗耳听君详述。

白狐曰：一千年前，你赴京赶考，晚宿一破庙，雷电交加之夜，庇护一狐狸得免天灾，恨彼时修炼不成，未脱狐相，不能托人形以报答。千年后，修炼成人，可报君救命大恩，幸不晚。

王生曰：听君言，君是吾生命中狐狸精矣？

白狐曰：然也！

……

王生掩书一哂，千年后的情景，谁能预测，不过志怪小说眩耳目尔。

遽尔，狂风突起，如豆灯火忽灭。黑暗直逼人心，松涛阵阵，似连绵鬼嚎，王生纵天生巨胆，也不免股栗心寒，悔投宿此间，唯嘴里不停"南无阿弥陀佛"，希求菩萨保佑。

继而，雷电交加，暴雨如注。破庙如汪洋中小舟将覆，天威令人失据。电光中，王生见一尾狐狸蹿入庙中，张望王生，眼中似有怜意。王生心内如有线牵，不忍驱之，一人一狐共处一庙，直至天明。

晨光熹微，万山翠碧。狐至王生前，前脚起立，似人作揖，眼内有滢光，再至庙前湿地，不停疾走。王生不解，近前，看湿地上狐印，似有"千年等一回"字样。

狐再拜，遁入云雾缭绕山林。

王生惆怅，如失神魄，口中喃喃：千年等一回……

青 春 欺

　　六月初的一天,凌风、李强、陈刚和鲍劲松到东方红水库游泳。水下还有些冷,他们游了一会就躺在岸上晒太阳了。晒了一会,鲍劲松坐起来说,哎,你们觉得我们班上哪个女生好看?

　　没一个好看,都像丑八怪。李强说。

　　鲍劲松,你是不是喜欢上哪个了?

　　不是,我只是问问。

　　别骗人,你肯定喜欢上哪个女同学了。说,是哪个?

　　说就说。不过,我说了,你们也得说,每个人都说出自己喜欢的人。就今天说说,过后谁也不许传出去。

　　鲍劲松,你先说。

　　我觉得倪润红蛮好看的,笑起来特别好看。

　　大家想到那个坐在第一排,个子小小的、面色白净的倪润红,觉得鲍劲松喜欢她是有道理的,因为他也不高。

凌风,你说,你喜欢哪个?

我也说不上喜欢,不过觉得许雅馨蛮好的,性格开朗,和男同学能玩到一起。

其实凌风不说,大家也能猜到,因为许雅馨曾和女同学说,觉得凌风很帅。

陈刚,该你了。你喜欢班上哪个女同学。

我觉得谢亭玉与众不同。陈刚说时,有些腼腆。

大家对谢亭玉都印象特别,她长得是漂亮,却很冷,很少和别的女生打闹,从来都独来独往,哪个男同学要是无意中碰了她了一下,她就厌恶地看他一眼。上课时,背总是挺得笔直,让人想到"亭亭玉立"这个词。

李强,你看上班上哪个了?

李强没回答,站起来,说,你们真无聊。一个猛子扎到水里去了。

回来后,陈刚以为大家都把这事忘了,但忘了的只有他一人。他发现,鲍劲松三人常躲开他在叽叽咕咕,看到他又诡秘地笑。他有种不好的预感。

不好的预感马上就应验了,就是每当谢亭玉出现时,凌风、鲍劲松和李强都脸上坏笑地喊陈刚,不是喊一声,是连续不停地喊,而每当陈刚出现时,他们就会一直喊"谢亭玉谢亭玉"。陈刚面红耳赤,他告诫他们,如果再喊,他就不客气了。

警告一点作用也没有,他们越发喊得起劲,不仅他们喊,全班的男生好像都被感染了,特别看到谢亭玉昂首挺胸、目不斜视走过时,他们像喊操一样,节奏整齐,声音洪亮。

陈刚严肃甚至发狠地说,谁要是再喊,就他妈是猪狗养的。

一天下大雨,课间大家只能站在走廊上,当谢亭玉走过时,鲍劲松又喊了起来。陈刚说你再喊一下。鲍劲松又喊了一声,不仅他喊了,凌风和陈刚也跟着喊起来,他们脸上挂着笑,还用方言变着花样喊。

陈刚跑进教室,把鲍劲松的书包拿出来,向着雨地举着,说,你再喊一声。鲍劲松又喊了一声。鲍劲松把书包向雨地用力扔去,他也冲到雨里,对着书包不停地踢,边踢边说,让你喊让你喊。

书包里的课本和文具盒被踢出来,散落在雨地。整个三层楼的学生都在看,一个男生在大雨中,狠劲地踢着一个书包,嘴里还在诅咒着。

哗哗的雨声淹没了他的声音。

父亲的小鸟

　　星期天早上,外甥女提着个鸟笼子蹦蹦跳跳地进门了。一进门,她就把鸟笼子高举到父亲的眼前嚷道:外公你看,小鸟!鸟笼子里装着一只虎皮鹦鹉,也不知是从哪家飞出来被她逮到了。去,去!父亲不耐烦地把她和小鸟一起拨拉到一边去了。父亲一辈子没有侍弄花鸟的兴趣,因此退休后显得有点孤单。

　　外甥女不高兴地一个人到一边玩去了,她一会和小鸟说说话,一会把菜叶切碎喂它,一整天就听到小鸟叽叽喳喳吵个不停。真是烦死了,回家的时候把它拎走。父亲说。但外甥女回家的时候没有把它带走,因为她要上学,父母都要上班,没人得空来侍候小鸟。外公,您照顾着它,下星期我还要来的。外甥女临走时这样说。我不会照看它,有那工夫我还得照看自己呢。父亲嘟囔着。

但父亲没有照他说的话做，也许他开始是想不管不顾小鸟的，可是一个小生灵在他面前又叫又跳，他又怎能视而不见呢，特别是在它饿的时候。父亲找了一些米饭喂它，米饭可能不对小鸟的胃口，小鸟吃了两口就不吃了，没有办法，下午父亲上街买回了黄黄的小米。鹦鹉是爱吃这个的。就这样，父亲半是唠叨半是抱怨地接过了照顾小鸟的活。

如果说父亲开始照顾小鸟是被逼的，是无奈的，那么慢慢地他就变得用心投入了。每天要打扫一遍鸟笼子，给食盒添料，给水罐续水。等到下个星期到来的时候，外甥女已经对小鸟失去了兴趣。她看到小鸟时竟说，它怎么还在。她还对外公这样尽心地照顾一只小鸟感到不可思议，不知出于什么心理，她还一脚踢翻了鸟笼子。结果被父亲狠狠呵斥了一顿。

现在照顾小鸟成了父亲退休在家的一项重要生活内容，他不仅每天把鸟笼子打扫得干干净净，为了让它不寂寞，还到花鸟市场花八块钱买了一只鹦鹉来和它做伴。买来的鹦鹉有些霸道，总是欺负原先那只，父亲蹲在旁边开导它们说，你们已经是邻居了，不要打架。但后来那只小鸟不听他的。没有办法，父亲只好又到花鸟市场上换了一只。换的这一只倒是蛮温驯的，只是没过多久就死了。为了让小鸟不至于太感孤独，每次吃饭的时候，父亲就把前后门关上，把小鸟放出来散散心。小鸟似乎也不怕人，它悠闲地溜达到菜碗旁，从里面叼上一根菜，飞到父亲的肩头,有时还飞到父亲的头上喳喳地叫着。每当此时,父亲就怡然地笑着,很是心满意足的样子。

可以看出来,父亲与小鸟已经建立了一种情意,每次父亲打扫鸟笼子时就对小鸟说个不停,什么要不是我你这窝要多脏呀。小鸟此时就叽叽喳喳地叫着,似乎完全听得懂父亲讲了什么。正是出于这种情意,父亲觉得应该给小鸟更多的信任,那就是让它有更大的散步空间。

父亲给小鸟更大的散步空间是阳台。开始是小心翼翼的,既有对它背叛主人的担心,又有希望它不辜负主人情意的期待。小鸟没有让父亲失望,它在散了一会步后,不仅没有飞走,还主动钻回笼子里去了。以后父亲就常常把小鸟放在阳台上让它散步,也许它真的眷恋着父亲对它的情意,也可能它整天吃得太多,已经飞不动了。

但小鸟还是飞走了。那天父亲把它放在阳台上后就去干别的事,结果它飞到了楼前面的电线杆上。等父亲想起它时,它为飞不回来正在电线杆上焦急地叫着。父亲连忙高举着鸟笼,嘴里学着鸟叫,想把它唤回来。可以看出来,小鸟并不是不想回来,而是它不能从一模一样的阳台中认出它的家来,它迷失在城市的森林里了。父亲在阳台上前倾着身子,动作很大地摆动着双手,想引起小鸟的注意,但小鸟只是焦急地叫着。最后,小鸟飞了起来,不是向着它的家,而是相反的方向。

自从小鸟飞走后,鸟笼子就一直放在阳台上,门大开着,里面有着半盒鸟食和半罐清水。小鸟没有再飞回来。父亲更沉默了。

小鸟轻易地飞进了外甥女的世界,又轻易地飞走了;它艰难地飞进了父亲的世界,但它有没有再飞出来过,我不知道。这也许正是年轻与年老的区别吧。

朋友啊朋友

　　年轻的时候,希望认识的朋友越多越好,三教九流,黑白两道,讲起哪门子事,自己都能插上几句话。酒杯一端,哥们了。随着时间的流逝,许多的朋友都不来往了,回首看去,一路抛下的都是朋友。有时回想起来,诧异自己竟真的和这样一群人交往过。

　　我在上中学时,转学到一个新学校,和另一个新转来的同学成了朋友。后来他又要转学到老家上高中,分手时,我们还去爬了一座山。后来,我们书信来往,生活中的头等事就是写信等信。记得,我还单独去爬了那座山,对朋友的思念让我感秋伤怀,拾了一枚落叶夹在信里寄给了他。几年后,他又回到了这座城市,不知怎么搞的,我们的友情竟然远不如先前醇厚了,后来竟至不来往了。现在,我们虽然同住一个城市,还在一个大公司上班,竟连一个电话也没通过。

我喜欢上文学就是受了他的影响。顺便说一句,我和他在一起从来不谈女人。不知是不是这个原因才让我和他的友谊像内陆河一样,越流越细,以致消失在沙漠里。

我现在的一个好朋友,也有着同样的境遇。小学时,他和一个好朋友形影不离,有着约翰·克利斯朵夫和奥里维那样夹杂一点爱情的友谊。有一天,他看到好朋友竟和他平时不爱搭理的一个人有说有笑,气得不得了,几天不再理睬他。那个好朋友摸不着头脑,百般讨好他,问他怎么了。最后,他委屈得涨红着脸、眼里含着泪水说:你为什么要和那个人说话?

后来,他们都长大了,两个人还是邻居,但再不来往了。有时,他在大街上遇到那个小时的朋友,朋友怀里抱着孩子,对他说,有空到家里来坐坐。他嘴里答应着,却快步逃离着。

因为以前付出感情的真挚,当我们再遇到那时的朋友时,心里会泛出一丝羞惭的感觉。

有时真希望,那些朋友能把自己忘了,因为你已经把他们忘了。

终于知道,一个人的一生,其实就是和几个人的关系。

现在,我的朋友不多了,点起来,手指头都用不完。我们几天就要喝一点小酒,共同赞美一件事,共同瞧不起一些人,共同骂一些话。正如古人所说:相见亦无事,不见又思君。

但他们会是我最后的朋友吗？这个我不知道，我希望他们是，因为我们现在都没有勇气再结交一个新朋友了。

再写下去，就显得矫情了。最后以我胡乱写的一首诗做结尾吧。

朋友

一

有时，你交到一个坏朋友

就会失去一大帮好朋友

有时，你交到一个好朋友

就会失去更多的坏朋友

这个道理就像

一粒老鼠屎坏了一锅汤明白

我不相信人与人之间

能互相了解

但这不能阻碍我们

把酒言欢

童年的伙伴

　　我的童年在乡下度过,伙伴不过是几只小动物。

　　第一个是一条小黑狗,我暂且叫它小黑吧。小黑长相英俊,气宇轩昂,往那一站,真有狗的样子,腰身细长,身材挺拔,尾巴打着漂亮的圆圈,目光炯炯有神。它不仅长相一流,还心理健康,这从它的叫声中可以听出来。遇到陌生人,它叫得底气十足,毫不猥琐,夏天听来,仿佛吹过一阵小凉风,冬夜听来,就像砸在冰面的石块。

　　当然它并不是很凶,好像它已经知道,太凶的狗会不懂情趣,也博不得小主人的欢心。夏天,我提着小鱼叉去叉鱼,它跟着。河边,我屏息静气等鱼打花,它一会看看我,一会看看水面,脸上有着不解的迷惑,实在不耐烦了,就张开嘴打个哈欠,不巧被我看到,连忙把打了一半的哈欠收回去,脸上的表情怪怪的,再用舌头舔舔嘴,摇摇尾巴,好像怪难为情的样子。

那年,附近村子有疯狗咬伤了人,上面吩咐要打狗,如果在规定时间内不打掉,上面派来的打狗队会来打,不仅狗肉得不到,还会罚款。

一直拖到最后,打狗队堵到了门口。可以说,打狗队是被小黑响亮的叫声引到家里的,直到打狗队把院子的门围住,它才觉出大事不好。看着打狗队队员手里提着的家伙,小黑的眼睛都红了。它在院子里转悠着,叫声也不响亮了,低声呜咽着,最后,它临危不惧,看到厨房与堂屋之间是用高粱秆围上的,它纵身一跳,从中间蹿出去,跑掉了。

整整一天,小黑没敢回家。晚上,我跑到村外,冲着空旷的田野喊它的名字。几声过后,它就从黑夜的怀里一下扑到我的怀里,嘴里还嗯嗯地叫着,两个爪子搭在我的肩上,仿佛受尽了委屈。

如是者三,最后,因为我家不可能因为一条狗而拆一堵墙,打狗队在小黑面前承认了失败。他们说,你们自己家打吧,如果在几号之前不打掉,就要罚款。

那天早晨。是的,那是个早晨,阳光还很灿烂,我和爷爷一人捧一只大海碗在喝稀饭,小黑在石榴树下睡懒觉,爷爷突然递过来一条绳,上面已经打了一个活结,让我把它套在小黑头上。我端着碗,惊愕地望着爷爷。爷爷用眼神示意了一下。我就拿着绳结向小黑走去。小黑看到我手里的绳一下半蹲起来。

　　躺下。我这样命令小黑。小黑又乖乖地躺下了,但它的眼里满里犹疑和惊惧。我一边用手帮它理了理毛,一边把绳结套在了它的头上。

　　……

　　现在,我快步入中年了,走到街上遇到狗时,都会看上一会。每当看到它们用四只脚迈出那样轻盈的步伐就让我着迷万分,甚至想到完美与优雅,但我从不与它们对视,我觉得它们的眼里盛满了人世的沧桑和凄凉。

　　能看懂狗脸上的表情,我认为生活也没有太辜负我吧。

　　农村的夏夜是美丽的,皎洁的月光下,一切都显现出奶白色。夏夜既宁静又热闹,青蛙的叫声遥远得近乎无。抬头望星空,密密匝匝的星星如匹银练横贯头顶。我把床单搭在肩上,想象自己是仙女在舞动。

　　每天晚上我都舍不得早睡,这样导致的后果就是早晨起不来。在农村,天亮了就代表一天开始了,就要起床做活。大人有大人的活,小孩有小孩的活。我的活就是放鸭子或猪。

　　几乎每天早晨都是这样,我在奶奶凶狠的骂声中醒来,揉着惺忪的睡眼,然后去猪圈,把小猪拉到村后的草地上去放。而下午则是放鸭。手里拿着一个麻秆,把鸭子赶往西湖。奶奶说只有让鸭子吃螺蛳才长得快。

那年，我家买了四个小鸭子。才买来时，都一般大小，长着长着，就不对了。其中有一个长成了歪脖子，它不仅脖子歪，连个子也不长了。每天放鸭子，我主要都是在照看着它。因为它追不上另三只鸭子，我不得不用麻秆去拦住那三只鸭子，让它们游慢一点，或走慢一点。

奶奶每次见着那个歪脖子小鸭子，就要努着嘴狠毒地骂当初把这只鸭子卖给我家的人。骂归骂，每次回来，她都要问问那个歪脖子鸭在不在。

随着鸭子越长越大，我要拦住那三只鸭子也越来越费劲了。终于有一天，在赶鸭子回来经过一片苇塘时，那只歪脖子小鸭子弄丢了。当时，那三只鸭子游得太快了，我在岸上又是叫又是骂，一会要跑到前边拦它们，一会要跑到后边催歪脖子鸭快跟上。根本照应不过来。

到家时，奶奶又问起了那只歪脖子鸭子，我骗她说，都在。心里寄希望于它能认识回家的路。

那个晚上我没有睡好，我既担心没有回家的歪脖子鸭子，又怕挨奶奶的打。天麻麻亮时，我起床了，手里拿着一根麻秆，轻手轻脚地向西湖走去。

到了昨天不见了歪脖子鸭子的那片苇塘，我一边用麻秆打着芦苇，一边嘴里发出嘀嘀的响声，希望它就在苇丛里躲了一夜。

被我赶出的有小鸟和蛇，就是不见歪脖子鸭。它因为脖子歪，发出的声音也小得很，但我对它的声音已经熟悉了，只要它叫，我一定是会听到的。

这片苇塘里曾淹死过我的一个同学。农村迷信，认为淹死的人不能投胎，必须另找一个人在这里淹死，他才能投胎转世。为了找到这个人，他会用尽各种手段，最常见的就是化作一条鱼，引得有人来捉，当那个人弯下腰来捉时，淹死鬼就会一手按住他的头，把他淹死。就是现在我回老家，老家的人还会指着一片才没脚脖子的水洼说，看到了吧，这地方闹鬼。

那个夏天的清晨，我，一个小孩，心里怀着焦虑和无比的恐惧，一边用麻秆拍打着芦苇，一边大声地发着叫声，又不敢靠水面太近。露水打湿了我的双脚，冷得我直打哆嗦。

听说鬼最容易在早上、中午、晚上出来，恐惧让我不敢回头，不敢往芦苇深处看，突然大喊几声后，就是长时间的沉默。

在我来回走了几趟，确认歪脖子鸭子再也不可能找到时，只好拖着麻秆回家了。

奶奶看到我，一边恶狠狠地揉面，一边骂道：你个该死的，不去放猪，大清早死哪去了。

是的，我听到了那头小猪在圈里嗷嗷的叫声，但那似乎离我很远。当我走近院子里那棵大枣树时，禁不住趴在上面放声大哭起来。

歪脖子小鸭其实算不上我的童年伙伴，但因为它，我记忆里才有了那个令我恐惧的早晨。后来，爷爷奶奶知道歪脖子鸭子的丢失，也没有过多骂我，似乎他们也知道，它的丢失，只是早晚的事吧。

小地方，大智慧

《时间玫瑰》算不上一本多好的书，每个诗人的简介和几首代表诗一凑，就成了一章。一共九章，大抵都是这样组成。其中还有北岛对一首诗几种译法的比较，最后总是他译得最好，这本身已经令人不爽，更不爽的是北岛通篇采用的居高临下的叙述语调。

是谁给了他这种叙述语调？当然是他自己。作为一个诗人，本应该知雄守雌，捕捉世界柔弱的内心，就是政治诗人也不应该有这种自杀式的自信。

我想，令北岛自信的是他的经历，多年漂泊国外的沧桑，一定让他窥见国人的局促与狭窄，因此他才有了先知的自信。

古人说，读万卷书，行万里路。那是不是说，大环境才有大智慧？

没有机会出门远游而又心有不甘的人首先会反对这种说法。他们会说,智慧,那来源于天赋和悟性,与环境可没多少关系。如果他写作,还会举出两个例子来。一个是福克纳,一个是卡夫卡。

　　福克纳一辈子没出过远门(去瑞典领诺贝尔文学不算),他的作品也只限着他的家乡,可就是那个被称作邮票一般大的地方,他写出了世界名著。

　　卡夫卡的经历也很简单,只是一个小公务员,别的啥也没干过,还是成了现代文学的鼻祖。

　　看来,小地方,照样孕育大智慧。

　　且慢。

　　反对的人立马举出更多的相反的例子:海明威、辛格外加苏联流亡作家。

　　小人物在吵吵闹闹,大智慧在怡然自得。

　　上百年才会出现一次的大智慧,不会为哪个论点而存在,也没有为小人物生存而做证的善心。福克纳、卡夫卡、海明威、辛格放在哪里都会是一个大艺术家。

　　农村对县城来说是小地方,县城对城市来说是小地方,小城市对大城市是小地方,省城对北京、上海来说是小地方……

　　长久甚至一辈子生活在一个小地方的人,故意忽略经验对大多数人在智商上的提升;见多识广的人错把经验的增加当作智慧的累积,似乎都是为了肯定自己而对抗对方。

不管怎么说,别人不给自己一个活法,自己就得给自己找个活法。

无论怎么说,还得感谢北岛,《时间的玫瑰》让我读到了世上最牛×的情书之一。

它是这么写的,我并非只想要你一天,一天是蚊虫生命的长度:我要的是如大象那样巨大疯狂的野兽的一生。

这是诗人狄兰写给凯特琳的情书中的一句。

秋 风 起

　　屋子孤零零地耸立在空旷的田野上,低矮、灰败,像历史中的一个大事件。他绕着它走了一圈,看着它破败的四壁,不能相信自己与它的光辉的关系。走进去,一切都还是原样,只是少了灯光的浸照,便一切都变了。他后悔回到这个屋子里来,让它永远留存在记忆中不好吗?看到真实的它,似乎连记忆也不真切了。

　　他走出房子,心里突然涌起一阵冰冷,想烧了这个房子。他想,对,烧了吧。既然一切都结束了,还留着它做什么用呢?

　　他四处寻找可以引火的东西来,眼睛向四下里张望着,在寻找时,心里甚至憋着一股无名的怒火。四周一时没有什么可以引火的木柴,他眼睛向更远的地方望去。离房子不远的地方是个土崖,上面长着茅草。茅草是可以引火的,他要去采茅草来。突然,他透过茅草,看到他爱的姑娘的背影,严格地说,是她的发式。他全身发抖,手脚并用地向她所在的方向爬去。

他的手深深地插进泥土里,鼻子随即闻到豌豆苗被掐断的清香味。当他手脚并用地爬到她的身后时,她转过脸来。一切都没有变化,她的脸还是带着薄薄汗水地在笑着,酒窝映现在面前,弯弯的眼睛里透着对他的情意。

看着她的眼睛,他心里被巨大的幸福笼罩着,同时又被忧伤所占据。看着她的脸,他的脸上不知道表现怎样的一种表情。他现在最想知道的是,她还爱他吗?因为,不管怎么说,他们已经有一年多没见面了,如果排除梦中的几次以外。一年多来,他日日想念着她,而她呢,似乎不太在意他的消息。

要是在以前,他会自然地牵起她的手,现在不行了,他突然脸上泛起害羞的表情,甚至有些手足无措起来。看着他慌张的样子,她主动牵起了他的手,并轻轻地放在了脸上。

她的这一举动,让横亘在他们俩之间的一年多的时间一下不见了,他的心幸福得发酸。把她的手拿到脸边,一边在脸上摩擦一边幸福地流起泪来。他真为自己难为情,一个男子汉怎么这样没出息,像个女人似的,好在没别人在旁。但他越这样想,泪水越流得不止。他心中的委屈只有泪水才能泡软了。

我们都是小人

看《论语》，觉得孔子就是邻家一大爷，他面目慈祥，目光滢然，非常有亲和力。如果你有了啥事想和他唠唠，他也很乐意，在你讲的时候，他面露微笑，并不插一语。

比如你说在外面解救了一个本国人，本国虽有奖励，你却并不去领，因为你解救他，并不是冲着钱去的，是本着国谊。你这样讲，本想得到他一句夸奖，把你归入君子的行列，哪知他没有夸奖，还说你不领国家的奖励不应该，这件事不仅没有好的作用，还起了一个坏榜样。最后，免不了让你高兴而来，失望而归。

再如，一个人把你坑了骗了，害得你家破人亡，最后，他穷困潦倒瘫痪在床，你不计前嫌去照顾他。邻里社会都夸你品德高尚，美德留芳，你去和他说，想让他夸你以德报怨的美德，不承想,他倒把你训了一下,说应该以直报怨,为什么要以德报怨啊。弄得你灰头土脸,免不了高兴而来,失望而归。

……

孔子看着这些人离去的背影,心里说,哼,你们这些小人。

是的,孔子虽然伟大,他给人分类时,只用了二分法,不是君子就是小人,没有中间人。如果你想归类,那书中二者的标准俯拾即是:

　　君子坦荡荡,小人长戚戚。

　　君子周而不比,小人比而不周。

　　君子喻于义,小人喻于利。

　　君子和而不同,小人同而不和。

　　……

我看《论语》时,不管往自己脸上擦多少粉,对照他老人家的君子和小人的标准,最后不免喟然长叹:我就是一小人。

你想啊,我活在世俗中,想的是多挣几个柴米钱,单位受了领导的训,难免不开心,车子闯了一个红灯,我也要戚戚半天的;如果在仕途上有点想法,那更要找队站,编织人脉关系,搞好小圈子利益。

就在我高兴翻书,失望掩书时,突然明白了什么,不对啊,孔子讲的这个小人与我们现在讲的小人不同啊,他讲的小人只算普通人。

这样一想,通了,只会简单二分法的孔老夫子犯了一个低级错误,一清二白,那是小葱拌豆腐,人,哪能这样分呢。

但孔子就这样分了,他越分越高兴,有时都不讲道理了,比如:君子成人之美,不成人之恶。小人反是。君子有成人之美这点我能明白,那小人为什么就没来由地坏人事呢,或助人恶习呢?你不是说小人喻于利嘛,无利不起早,谁也不愿做损人不利己的事啊,小人也不愿做的。

也不知孔子是为了对仗工整还是啥的,他讲了君子一个方面,那相反的就是小人,非此即彼。君子品行高洁,往往可望而不可求,小人有七情六欲,难免在世俗和人性里挣扎打滚。君子只是一个道德追求目标,常人难企,如果用一生来追求这个目标,做人难免不快活,后人明白这个道理,有时折中,比如"君子爱财,取之有道",就解决了"君子喻于义,小人喻于利"的两难。

我把小人理解成普通人,当我这样想时,心里释然了。当我这样想时,仿佛看到端坐的孔子面露微笑,心里说:

你们这群小人。